# GIROFLÉE

*Vie et mort d'une sorcière*

# GIROFLÉE

*Vie et mort d'une sorcière*


Marie-Noëlle Garric

© Éditions Hélène Jacob, 2014. Collection *Littérature*.
Tous droits réservés.
ISBN : 978-2-37011-079-4
Éditions Hélène Jacob – 13 Impasse Victor Gesta – 31200
Toulouse
Imprimé par Create Space – États-Unis
11,90 €
Dépôt Légal Février 2014

Design couverture : Jérémy Calli
Photographie de la tour : Léa Giraud

# Prologue

Partout, les hommes d'armes investissent la ville assoupie. Une force obscure procède du cliquetis de leurs armes, du vacarme de leurs pas. Ceux que cette sombre rumeur réveille se crispent au fond de leur lit, attendant un malheur qu'un hurlement de femme confirme.

Porte d'Aygu, place Mauconseil, à Mélas et dans bien d'autres endroits encore, ils entrent dans des maisons sombres, hurlent des ordres implacables. Des hommes, mais plus encore des femmes, sont tirés sans ménagement de leur couche tiède, frappés, insultés. Les voisins apeurés entendent des supplications. Le bruit d'une gifle éveille un nourrisson endormi et ses pleurs se mêlent à des gémissements de terreur.

Pendant quelques heures, les habitants retiennent leur souffle. Quelques-uns se risquent à regarder. Les rues sombres sont éclairées par des torches dansantes. Des silhouettes trébuchantes, entravées, sont entraînées sans ménagement par les hommes d'armes du château.

Le silence retombe. La mort programmée est en marche. Sur la place Mauconseil, une maison désormais vide laisse battre sa porte au mistral qui se lève.

# Enfance – 27 juillet 1489

L'homme la regarde. Son visage ne trahit rien. Il est grand. Même assis, sa silhouette remplit le fauteuil grenat. Ses mains sont posées sur l'accoudoir, ses pieds, chaussés de mules de soie noire, battent imperceptiblement le dallage gris. Il articule avec emphase, comme s'il craignait qu'elle ne le comprenne pas.

— Ta mère, ma fille, était-elle aussi versée dans les choses du diable ?

Sa mère… Giroflée l'avait presque oubliée.

Une femme maigre, constamment épuisée, qui n'avait pas vécu assez longtemps pour laisser à sa fille une image précise. Des yeux verdâtres, dans un visage effilé, une bouche édentée et une ribambelle de marmots si rapprochés qu'elle avait sans doute préféré mourir plutôt que continuer encore à accoucher dans la masure de la rue Chartroussas. Giroflée entend encore ses cris pour rassembler la marmaille, elle sent l'odeur de la maison d'enfance : la fumée du foyer qui se mélange par la porte souvent ouverte avec celle du verger des Frères. Le vent qui s'infiltre sous les vêtements, qui apporte à l'atmosphère une luminosité violente. Les taudis appuyés les uns aux autres, et si rapprochés qu'il ne subsiste qu'un mince bandeau de ciel entre les toits. Le fleuve, au loin, et les rivières si proches.

« Jehanne, va me chercher des herbes fraîches pour la soupe. Choisis-les près du Roubion. Tu sais à quoi elles ressemblent ! Prends bien garde à ce qu'elles ne soient pas flétries ou brûlées par le soleil. C'est la feuille qui te guidera. Dégage bien la terre autour du pied, sinon, tu casseras la racine dont j'ai besoin ! »

La fillette part en courant. Elle n'a jamais su marcher avec calme. Passée la porte d'Aygu, sous le regard débonnaire d'un homme en arme, elle arrive sur les rives sableuses. Le fenouil ondule sur ses longues tiges. Après l'obscurité confinée de la demeure familiale, elle respire à pleins poumons les effluves parfumés : odeurs de vase, de moisi, mais aussi de plantes auxquelles l'humidité du cours d'eau permet de prospérer. Ses petits doigts fouillent le sable avec délectation, ses yeux parcourent l'étendue argentée qui traverse la ville. Elle rit. Elle rince rapidement les racines et rentre en sautillant.

À nouveau la masure, sombre, dans laquelle il lui faut un temps pour que ses yeux s'acclimatent. Sa mère est perchée au-dessus du chaudron dans lequel bouillent quelques feuilles de chou. Le dernier nourrisson dort, emmailloté et accroché au mur par un clou. Son petit visage fait une tache claire sur le mur. Giroflée l'a oublié. Avait-il un nom seulement ? Ou disparut-il comme tant d'autres dans les limbes de la toute petite enfance ? Elle se souvient de Blanche qui ne lâchait jamais la robe de sa mère, de Belle, dont les joues étaient rouges et les cheveux si bruns, de Pierre qui lui construisait de petits radeaux de brindilles. Elle les portait à la rivière et les regardait partir. Elle savait qu'ils allaient vers le grand fleuve. Parfois, en bande comme des étourneaux, elle était allée jusqu'à l'embouchure avec d'autres enfants. Ils s'étaient roulés dans le sable, avaient trempé leurs pieds avec crainte dans le géant dont les crues étaient redoutées. Ils avaient respiré un air nouveau, ils avaient pris dans leurs mains des galets chauds et polis par la force de l'eau. Giroflée gardait un souvenir précis de ces moments-là. Sans doute y avait-elle acquis la conviction que la liberté était au bord du fleuve et que les rêves y étaient plus grands. La ville lui apparaissait comme un antre de femelles soumises à leurs maternités et de mâles en fardeau de famille. Une immense misère qui faisait mourir les enfants en bas âge, les femmes en couches, qui édentait prématurément, qui creusait les poitrines affamées.

Sa mère était-elle versée dans les choses de sorcellerie ? Que veut-il dire ? Que faut-il dire ? Quels secrets aurait-elle connus qui l'auraient préservée de sa vie désespérante ?

Giroflée l'entend encore haleter dans un coin du taudis pour le dernier accouchement : quelques femmes du quartier vont et viennent. La sage-femme de la Maladrerie est là. Elle est énorme. Sa voix remplit l'espace, donne des ordres. Elle porte un fichu. Ses mains s'agitent, se posent sur le ventre en torture.

« Toi, la petite en bleu... Cours, va vers mon logis et ramène-moi de ces grandes herbes séchées qui sont suspendues derrière la porte. Ma fille sera là. Demande-lui l'herbe des Anges. Et puis dis-lui que l'enfant de Bernard Rey ne veut pas sortir de sa mère. Vite ! »

Jehanne court à travers les ruelles chargées d'immondices, à nouveau les remparts et la porte monumentale, elle traverse la rivière. C'est à peine si ses pieds menus enregistrent la fraîcheur de l'eau. Elle parcourt quelques champs avant d'arriver à son but. Des ombres peuplent ce quartier où sont parqués les lépreux. Elle aperçoit un groupe de femmes en discussion. Leurs hardes sont encore plus misérables que les siennes. Elles peinent à couvrir des corps rongés par la maladie. Ici, vivent pêle-mêle tous ceux que la ville exècre et vomit. La fillette s'arrête plus loin, devant une demeure moins misérable que les autres. Une grande fille silencieuse y tresse un panier de joncs. Vite, elle entre, décroche çà et là des ingrédients, elle les enveloppe dans un haillon grossier et les tend à l'enfant. À nouveau les ombres malades, la rivière, les murailles et la masure de la rue Chartroussas. Les halètements sont devenus des plaintes. Les femmes resserrent le cercle. La sage-femme mélange, écrase et pile les plantes. Jehanne regarde et enregistre. La précision des gestes, l'assurance de la praticienne. Le respect dont on l'entoure. Soudain, un double cri jaillit de l'assemblée des femmes. Le nouveau-né est là. En quelques heures, emportés par une fièvre commune, la mère et le nourrisson mourront, comme tant d'autres.

Giroflée se rappelle les heures et les jours suivants : les deux cadavres entortillés dans des draps, la fosse béante, les voisines et son père. Elle n'est pas la plus âgée des filles. Sa sœur Gratienne prend place devant le chaudron et les corvées. Son père, épuisé et silencieux, rentre à la nuit.

Comment une sorcière aurait-elle pu mourir aussi anonyme et sans les secours de ses propres charmes ?

Giroflée regarde l'homme. Elle a mal ; elle est torturée par une corde qui lui arrache les bras et avec laquelle elle a été soulevée en l'air à plusieurs reprises. Sa voix est grave, légèrement voilée.

— Ma mère n'était pas sorcière, Seigneur. L'aurait-elle été qu'elle aurait sûrement vécu plus longtemps…

— Prouve-le, reprit-il. N'est-ce point une terrible engeance qui se reproduit de mère en fille ?

— Que vous dire ? J'ai oublié son visage. Je ne sais presque rien d'elle. Elle lavait le linge aux gens du quartier de Narbonne.

— Qui fréquentait-elle ? Ne me mens pas. De toute façon, je saurai la vérité. Les gens comme vous doivent mourir. Une seule créature de Satan dans un quartier et en peu de temps, on voit tant d'enfants égarés, tant de femmes enceintes perdant leur fruit, tant de haut mal donné à de pauvres créatures, tant d'animaux perdus, tant de fruits gâtés, que la foudre ni autre fléau du ciel ne sont rien en comparaison…

Giroflée, abrutie par la souffrance, se tait. Son esprit évoque les images d'un passé révolu.

« Gratienne, quelle est cette fleur si belle qui s'accroche aux murs du rempart ? Fais-moi une couronne.

— Une giroflée ! Sa tige est trop dure ! Ta couronne ne tiendrait pas droite. »

La fillette observe les corolles. Les feuilles déjà attaquées par le vent se dessèchent. Elle éprouve une allégresse à regarder ainsi la fleur des remparts frissonner. Elle revient souvent. Elle apprend à connaître les endroits qui les abritent. Dans cette cour de la rue de Malariac, il en pousse de presque jaunes, sur le mur du couvent des Cordeliers, le violet se mélange avec le pourpre. Ailleurs, elle en a vu de très petites, ocre pâle au cœur rosé. Elle aime l'odeur discrète qui se dégage des pétales et celle plus âcre qu'elle répand en écrasant une feuille au creux de sa paume. Elle charge les radeaux de brindilles de bouquets mordorés. Le cœur de la fleur est un œil qui la regarde avec douceur. Gratienne se rit de ce caprice, mais ne manque jamais de lui en glisser un brin dans les cheveux. Jehanne devient Giroflée, d'abord pour elle seule : « Je suis une giroflée… Je ne crains rien. Je m'accroche et je n'ai besoin de personne ! » Puis pour les enfants avec lesquels elle va chercher du bois sec : « Eh, Giroflée ! Depuis quand les filles de la rue Chartroussas se parent de fleurs aussi laides ? »

L'ombre d'un sourire effleure ses lèvres craquelées par la soif.

Patiemment, l'homme reprend :

— Tu dis que tu as oublié ta mère. Tu ne sais pas si elle était, elle aussi, une sorcière. C'est bien cela ? Comment expliques-tu alors que certaines l'aient vue distribuer des potions aux gens du quartier ?

— Je n'ai jamais assisté à pareille chose.

— Beaucoup se le rappellent qui sont venus ici témoigner.

— Seigneur, que peuvent-ils avoir vu si sa propre fille n'avait rien…

— Tais-toi ! Ton silence à propos de ta mère est déjà l'aveu de votre communauté de pratiques.

L'homme se retourne légèrement vers sa gauche. Il fait un signe de la main à une silhouette assise en retrait.

Un parchemin est déroulé.

— Écoute, reprend l'homme, voici ce que nous avons consigné. Si ta mémoire fait défaut, apprends qu'elle ne manque pas à d'autres.

Une voix dans l'ombre commence la lecture ;

« *Mes parents m'ont appelée Marie et mes voisins me nomment Marie des Remparts. J'étais enfant quand la femme Rey exerçait son commerce diabolique. Je promets que tout ce qui sortira de ma bouche ne contiendra pas de mensonges. Je suis bonne chrétienne et ne veux en aucun cas offenser le Seigneur Dieu tout-puissant...* »

Marie des Remparts... Giroflée revoit la fillette brune dont l'une des mains portait une vilaine cicatrice. Un chien errant l'avait mordue. Elle habitait une masure, près du moulin du Fust, accolée aux grands murs. Elle parlait peu et cachait sa main déformée dans les plis de sa robe. Plus tard, elle avait suivi un bûcheron de Marsanne, mais ce dernier était mort et Marie, chargée de trois enfants, avait repris le chemin de la ville. Elle avait épousé un commerçant. On disait de lui qu'il la battait. D'autres au contraire parlaient de lui comme d'un homme pieux, fréquentant messes et processions et donnant des écus aux Frères. Marie tenait la boutique de son drapier de mari. Sa main déchirée s'abritait désormais sous les festons de ses manches.

« *... La femme Rey était une vilaine sorcière. Elle fréquentait une vieille qui vivait dans la rue des Granges. On disait qu'elles faisaient affaire ensemble, on les a vues une nuit se diriger vers le bois de Laud et...* »

— Seigneur, murmure Giroflée, cette femme était une de nos cousines. Elle avait pour nom Magdeleine et travaillait chez un savetier dont j'ai oublié le nom.

— Tais-toi encore. Ta lignée est un ramassis de femmes mal famées. Ne parle que si ta mémoire te revient vraiment et écoute jusqu'au bout le témoignage d'une bonne chrétienne.

À nouveau, la voix dans l'ombre reprend la lecture.

« ... et chevaucher une créature dont la noirceur m'a fait me signer immédiatement. Le lendemain, la femme Rey, qui s'appelait Nicole, était à la rivière, avec d'autres lavandières. Certaines remarquèrent ses yeux fatigués et sa mine pâle. Elles l'interrogèrent. Mal leur en a pris. Le même jour, le courant emportait une chemise à Martine Daydé et l'enfant de la femme Chapelain s'estropia sur une pierre. Parfois, Nicole Rey donnait des flacons autour d'elle dans lesquels, je suis sûre, se cachaient quelques élixirs qui rendent amoureux. Une de mes cousines voulait plaire à un jeune homme de la rue des Taules. Elle voulait en acheter. Je l'en dissuadai au nom de notre Seigneur Jésus-Christ qui ne veut pas que nous commandions ainsi aux choses de l'esprit et du cœur. Ma cousine, d'ailleurs, épousa... »

Giroflée regarde la fenêtre en face d'elle. Elle tente de s'abstraire de la lecture. Elle essaie d'oublier ses poignets gonflés et douloureux, ses bras meurtris. Sa langue râpeuse ne peut pas apaiser sa bouche desséchée. Cela fait des heures que l'homme l'interroge.

De quels flacons parle cette femme ? Sa mère ne possédait rien, ne vendait rien, à part la force de ses bras.

Une cruche et quelques pots étaient les seuls biens de la maison. Giroflée se rappelle la cruche, c'est elle qui allait la remplir à la fontaine. Elle revoit encore la bouche de chimère qui dispensait une eau froide et limpide, les jeux improvisés avec les autres fillettes de corvée. Elles s'arrosaient abondamment, elles criaient. Giroflée rentrait parfois si trempée que Nicole Rey lui tirait les nattes pour lui faire entrer la raison. En ce temps-là, sa mère lui tressait les cheveux.

Son père, un soir d'automne, avait sculpté, pour elle et une autre de ses sœurs, une poupée grossière dans un morceau de hêtre. Elles l'avaient habillée de hardes et de fleurs, lui avait fabriqué un berceau d'herbes soigneusement séchées. Elles la berçaient à tour de rôle et la suspendaient à côté du nouveau-né lorsqu'elles devaient sortir. Des miettes de vie passée, des pépites d'insouciance.

*« Et ma pauvre mère, que le ciel a recueillie parmi ses Anges, j'en suis certaine, me demandait toujours d'éviter la rue Chartroussas. Il y a des chevaucheuses de balais, me disait-elle, de fort méchantes gens qui ont transformé le quartier et la ville en pays de Magonie[1]. Elle disait encore que les villes qui ont deux rivières sont dangereuses pour les bonnes chrétiennes. »*

La nuit tombe lentement en août, mais au fur et à mesure du témoignage de Marie des Remparts, l'obscurité s'est installée dans la salle voûtée. Malgré les larges fenêtres qui dominent la ville, le clerc invisible ne peut plus lire.

On détache Giroflée, on la ramène dans sa prison. On la jette sur le sol de terre sombre. Il n'y a pas de fenêtre. Elle aura de l'eau et une bouillie d'avoine, car il faut bien la garder en vie pour que l'interrogatoire se poursuive.

---

[1] Sorte de port situé dans quelque région intermédiaire entre terre et ciel. Les tempestaires, êtres ayant le pouvoir de contrôler la météo en faisant usage de la magie, se dirigeaient vers cette contrée aérienne, et y faisaient à bon marché de coupables approvisionnements.

# L'entrée en profession
# – 30 juillet 1489

« J'ai peine pour toi, ma fille, à te regarder t'enfoncer dans tes erreurs. Ton témoignage n'apporte rien pour ta mère, elle pourrit probablement en enfer, avec toutes les créatures diaboliques qui ne se sont pas repenties devant un représentant de Notre Sainte Mère l'Église, et toutes les prières du monde ne peuvent rien pour ce châtiment éternel. Mais toi… Souhaites-tu donc la rejoindre en t'obstinant ?

— Où sont ces pouvoirs, Seigneur, qui ne peuvent me délier de cette corde qui s'enfonce dans ma chair ? Pourquoi suis-je ici ? Car si j'avais commerce avec le diable, il serait sans doute venu me délivrer !

— Femme sans vergogne, tu offenses le Seigneur tout-puissant. Tu avoues donc croire en la toute-puissance du démon et tu attends qu'il vienne te délivrer ?

— Je n'attends rien ni personne. Je ne suis qu'une femme versée dans les plantes et…

— Silence. Une de tes connaissances est là, prête à témoigner. »

L'homme fait un mouvement de la main. Une silhouette s'avance. Une femme jeune. Son visage est apeuré. Ses yeux glissent sur Giroflée tandis qu'un mouvement d'épaule trahit son émotion.

Sur un signe de celui-ci, elle s'agenouille devant le prélat. Il commence :

— Ma fille… Es-tu bonne chrétienne ?

— Oui, Seigneur.

La voix est presque inaudible.

— Alors, tout ce que tu diras portera le sceau de la vérité ?

— Oui.

— Sais-tu que les sorcières sont punies de mort ?

— Oui.

— Nous t'écoutons. Et d'abord, répète-moi ton nom.

— Jeannette Belloc, dite l'Agassa.

— Parle plus fort ! Nous devons tous entendre, et plus encore la créature diabolique qui est devant toi. Ne crains rien, elle ne peut plus te nuire. Nous l'avons démasquée. Je veux obtenir d'elle des aveux et, qui sait, peut-être le salut de son âme. Tu dois nous y aider, car il est du devoir de toute chrétienne digne de ce nom de le faire.

La voix de Jeannette peine à s'affirmer et à s'élever. Ses mains se crispent et disent la somme de peurs qui l'habitent. Giroflée attend.

— Je vivais rue de la Fonderie. Mon père, Pierre Belloc, y était étameur. Ma mère, Louise, lavandière, comme la mère de Giroflée. Habituellement, elles établissaient leur activité de l'autre côté du quartier des tanneurs. Bien souvent, je l'accompagnais. Il faisait bon au bord de l'eau et les autres filles venaient avec leur mère.

— Ladite Giroflée était-elle de celles-là ?

Jeannette peine à comprendre le phrasé savant de l'homme. Ses yeux se lèvent vers lui. Elle n'ose lui demander de répéter sa question.

Elle attend anxieusement.

— Je te demande, fille Belloc, si Giroflée faisait partie de tes fréquentations quand tu accompagnais ta mère au bord du Roubion ?

— Seigneur, murmure-t-elle, comme toutes les filles des lavandières d'alors. Il y avait une fille aux cheveux rouille dont j'ai perdu le nom, Françoise de la rue Charretière, Nicoline de la rue des Quatre Pas et Giroflée, bien sûr.

— Que faisiez-vous ?

L'homme articule patiemment. À nouveau, il bat imperceptiblement le dallage de ses mules de soie. Une lumière intense entre par les larges fenêtres. Le ciel, d'un bleu violent, se découpe dans l'arcature légère.

— Ce que font les fillettes ensemble… des jeux avec l'eau, avec les cailloux, des couronnes avec les fleurs ou des paniers avec les joncs. Toutes choses permises, Seigneur, et sous l'œil de nos mères.

— Que faisiez-vous de ces couronnes ?

Giroflée se rappelle. Des couronnes de fleurs jaunes, dans lesquelles elles piquaient une ou deux fleurs d'iris, à la saison, avant de s'en coiffer. Elles étaient alors des princesses et commandaient à d'invisibles valets, appelaient des pages qui leur apportaient des mets succulents : bécasses rôties et soupe de roses. Les fillettes faisaient alors semblant de manger avec ce qu'elles pensaient être le comportement adéquat : avec emphase, elles portaient à leur bouche des feuilles de badiane sur des galets, puis explosaient de rire lorsqu'une des couronnes tombait aux pieds de sa souveraine. Les princesses creusaient ensuite le sable pour en faire des canaux dans lesquels elles jetaient des bouts de bois devenus barques de fête.

— Des ornements de princesses…

— N'était-ce pas plutôt des coiffes de fées qu'une mauvaise créature t'aurait demandé de fabriquer ? Sais-tu que les sorcières vont parfois en forêt, ornées de couronnes tressées qu'elles offrent aux forces démoniaques ?

Jeannette se trouble. Que veut-il dire ? Elle ne sait pas si elle a bien fait de parler ainsi sans retenue de ces jeux qui lui semblaient si innocents. Devant son silence, l'homme reprend :

— Tu ne comprends pas ma question ou tu n'oses me répondre ? Parle ! Il faut que je sache si ton commerce avec cette mauvaise engeance a corrompu ton âme. Il faut que j'extirpe de toi la vérité. Regarde autour de toi. Ce sont des instruments conçus pour arracher les aveux les plus enfouis…

— Seigneur, je vous supplie de me croire. Nous étions fillettes et ces couronnes étaient des jeux.

— Même pour Giroflée ?

— Je l'ignore, concède Jeannette dans sa panique grandissante.

La lumière de la salle révèle en effet un chevalet destiné à écarteler les membres, une barre pour broyer les poignets et les chevilles et une canne pour comprimer les doigts. Elle ne sait rien de leur destination, mais elle n'ignore pas les tortures réservées à ceux que l'on veut faire parler. Elle va livrer ce qu'elle sait et même ce qu'elle ne sait pas, ce que l'on colportait et ce que l'on se chuchotait dans la promiscuité des taudis.

— Giroflée gardait toujours sa couronne pour la jeter dans la rivière. Peut-être en faisait-elle offrande aux esprits malins ? On disait d'elle qu'elle était une enfant dont il fallait se méfier. Qu'il ne fallait pas la regarder trop longtemps dans les yeux, car on pouvait y perdre ses forces. On disait aussi qu'elle connaissait les plantes qui guérissent et celles qui peuvent tuer…

Giroflée se revoit, l'année où Gratienne avait quitté la demeure de la rue Chartroussas. Elle s'était mariée à Savasse, avec un journalier. Leur père était mort quelques mois auparavant. Il restait encore deux marmots plus jeunes pour qui elle cherchait la pitance. Elle gardait l'image de la sage-femme de la Maladrerie. Elle aurait voulu être experte comme elle. En attendant, elle expérimentait les effets des plantes avec un zèle d'autodidacte.

Elle croquait en infime quantité tous les fruits sauvages : les baies violettes que l'on consommait blettes et qu'elle testait à tous les stades de la maturité, les salades les plus étranges, les feuilles, les graines… Puis, elle attendait les effets sur son corps. Parfois, il ne se passait rien, parfois, elle gardait des jours entiers une terrible âcreté dans la bouche, ou bien elle éprouvait de violentes coliques qui la gardaient allongée sur son grabat. Des fièvres récurrentes pouvaient la terrasser. Pendant quelques heures, elle avait perdu raison et entendement en consommant des graines sombres cueillies dans un sous-bois. Elle crut mourir plusieurs fois. Elle décida alors d'étendre son champ d'expérimentation en se servant de ses voisins ou de ses camarades.

« Viens ici, Claude… Je vais te mettre un cataplasme sur

ta brûlure qui va te faire le plus grand bien. »

Elle pilait alors quelques feuilles larges et tendres qui poussaient près d'un puits du quartier de Narbonne, elle rajoutait de l'eau fraîche et appliquait la pâte ainsi obtenue.

« Séverin, je vais te donner une décoction d'orties blanches. Tu marcheras plus aisément... »

Elle recevait parfois un chou ou des navets si le patient se sentait remis, souvent sa sollicitude seule suffisait à proclamer un progrès. Sa voix douce, ses mains agiles et menues ne guérissaient pas forcément, mais faisaient du bien. La vie était rude et impitoyable, chaque faiblesse pouvait être les prémices d'une mort pénible, la détresse d'être invalide s'ajoutait à la peur de mourir de faim. Giroflée apaisait par sa seule présence et redonnait l'espoir.

Elle était devenue une grande jeune fille, au visage anguleux, aux cheveux bruns et longs, parcourus de reflets roussâtres. Ses yeux gris avec des taches marron regardaient les autres avec une grande douceur. Ses mains fines et déliées dansaient parfois devant son visage lorsqu'elle parlait. Mais elle parlait peu et écoutait beaucoup.

Elle arpentait non seulement les berges du Roubion et du Jabron, mais poussait parfois jusqu'au grand fleuve. Elle parcourait les bois environnants, à l'affût d'une pharmacopée exemplaire. Elle y gagna une silhouette robuste et un flair très grand pour débusquer le moindre arbrisseau, le champignon le plus rare ou la fleur nécessaire. Elle faisait tisanes et décoctions dans le chaudron familial, elle mélangeait les ingrédients avec un zèle grandissant : elle découvrait souvent fortuitement que les propriétés des plantes s'annihilent ou se développent par le contact des unes avec les autres. Et ce champ d'investigation lui semblait infini. Elle était avide de connaissances, écoutait chacun avec une humble attention, retenait la moindre recette ou le moindre conseil.

— Mais surtout, Seigneur, on raconta dans toute la ville qu'elle avait guéri un enfant qui portait sur tout le corps des plaies infectées. Sa mère le pleurait déjà quand Giroflée avait demandé à le voir...

L'enfant était couché au fond de la masure. Ses yeux rendus immenses par la maigreur de son visage fixaient Giroflée qui était entrée silencieusement. Elle s'était approchée, avait effleuré de ses mains fines le front rongé par la fièvre. Elle avait tenu entre les siens les doigts grêles du petit malade. Puis, énergiquement, elle avait arraché les bandages. Elle avait baigné les plaies purulentes avec une décoction de fleurs de soucis et de millepertuis. Elle avait continué des jours entiers. Elle avait veillé l'enfant épuisé, elle lui avait donné à boire des breuvages qu'elle conservait dans sa masure. Elle savait que leur absorption provoquait un regain d'énergie. Quelques chiens, puis quelques marmots du voisinage n'en avaient couru qu'avec plus de vigueur. Au bout de trois jours, les plaies ne suintaient plus, mais se couvraient d'une croûte brunâtre. Le petit relevait la tête. Il se remit à parler. On remercia grandement Giroflée. Mais surtout, on l'entoura d'une déférence nouvelle. Elle était devenue guérisseuse.

— Femme perdue, reconnais-tu avoir arraché à la mort l'enfant du forgeron de la rue des Cuiratiers ?

— Oui, Seigneur, pour lui avoir lavé convenablement ses plaies. Pour lui avoir fait boire force liquides.

Giroflée confirme avec un empressement qui n'échappe pas au juge.

— Ainsi, tu avoues ? Te vanterais-tu de t'être ainsi substituée à la main de Dieu ?

— J'ai fait chose naturelle. Il existe sur Terre des herbes mises par Notre Seigneur pour que nous en disposions. J'ai observé ce qui était bon en elles et j'ai mis mon savoir au service des personnes qui en avaient besoin. Où est la faute ?

L'homme regarde les yeux brillants de Giroflée. Il les abaisse à nouveau vers la créature terrifiée qui est toujours agenouillée à ses pieds. Sa voix enfle férocement. Il veut avancer dans la vérité.

— Dis-moi, fille Belloc, crois-tu que la femme devant toi soit une sorcière ?

— C'est ce qu'il se dit.

— Je te demande ce que toi tu crois. Pas des bavardages de femmes. Je te répète ma question et je te mets en garde. S'il se confirmait que cette femme est une sorcière et que tu me l'aies caché, je penserais alors que tu es une de ses pareilles. Me comprends-tu ?

Jeannette ne sent plus le dallage sur lequel s'écrasent ses genoux osseux. Elle a froid, elle a peur. Elle ne saisit pas toutes les paroles, mais elle sait la menace qui est contenue dans les derniers mots. Alors, dans un cri, elle avoue :

— Oui, Seigneur. Giroflée est une sorcière.

Puis, dans une sorte de transe libératrice, elle ajoute :

— De la pire espèce. Elle a fait des messes noires. Elle s'est accouplée avec le démon et ses cris de plaisir s'entendaient dans toute la ville.

— Où eurent lieu ces actes infâmes ? Le sais-tu ?

— Au bois de Laud, après la porte Buriane.

L'homme sourit. Le clerc écrit consciencieusement. D'un signe, Jeannette Belloc est emmenée. Il est tard. Les instruments de torture reflètent le rouge du soleil couchant.

Giroflée est détachée. À nouveau ramenée dans les bas-fonds du château. Elle ne peut plus bouger ses doigts, paralysés par les cordes qui ont ensanglanté ses poignets. Ses bras sont rompus. Elle reçoit une nouvelle fois sa pitance à même le sol.

# L'apprentissage – 1ᵉʳ août 1489

O n vient. La même main entrouvre la grille, la tire vers l'escalier, sans un mot ou presque. Elle est sale. Ses mèches roussâtres pendent de chaque côté d'un visage épuisé. Encore des marches, des galeries, jusqu'à la salle du haut. L'homme n'est pas là. Quelques clercs s'affairent, l'air important. Tous évitent de la regarder pendant que le gardien l'attache aux cordes qui la soulèveront pour la rompre un peu plus.

Cette nuit, elle a été réveillée à plusieurs reprises. On l'a secouée sans ménagement puis on l'a abandonnée au silence et à la peur.

Dans un bruissement de moire et de soie, l'homme arrive. Le fauteuil grenat est prêt. Des moines s'agitent autour de lui et le saluent avec respect.

— Révérend Père, soyez le bienvenu…

— Que le Seigneur soit avec vous, Frère Pancrace…

— Maître Faure, faites avancer la femme Rey. Les frères et moi-même voulons l'interroger, non comme une insigne et méchante sorcière, mais comme une chrétienne. Car nous croyons au salut de son âme. Et qui sait, peut-être au salut de son corps.

On la détache. On l'agenouille aux pieds du révérend qui l'observe d'un regard bienveillant. Ce revirement, loin de la rassurer, fait battre son cœur plus violemment. Qu'attend-il d'elle ? Qui doit-elle dénoncer pour que le châtiment promis se porte sur une autre ? Les frères la fixent avec attention.

— Ma fille… Sache que le Seigneur Jésus est mort en croix pour pardonner nos fautes. Il a ramené de grandes pécheresses dans le sein de l'Église. Pourquoi ferait-on exception pour toi !? Il n'est pas dit que, dans cette ville, nous nous conduisions avec moins de mansuétude. Messire Guillaume Cipet, premier consul, et moi-même, supérieur du couvent des Frères mineurs et à ce titre lieutenant de l'inquisiteur de Valence, avons longuement discouru sur ton sort et celui de tes délates[2]. Peut-être es-tu une victime et il ne servirait à rien de t'accuser de sortilèges si tu es toi-même ensorcelée. Ainsi aimerions-nous connaître plusieurs choses. Et d'abord, nous te savons fille. Ne s'est-il donc pas trouvé un homme pour t'épouser et avec lequel engendrer une famille chrétienne ?

Giroflée ne sait que répondre. Au prélat qui patiente, la tête légèrement penchée, aux frères qui semblent attendre, comment parler de son dégoût de la maternité ? Comment expliquer sa réticence devant les étreintes conjugales qui résonnaient parfois dans la masure familiale ? Elle avait toujours su, ou du moins se l'était-elle figuré de la sorte, qu'elles étaient sans joie.

« Gratienne, je ne me marierai point. Je veux rester libre et ne veux pas d'enfants !

— Tais-toi donc, folle ! répliquait sa sœur en riant. Tu veux donc devenir nonne ?

---

[2] Dénonciateurs, délateurs.

— Jamais ! »

Et Giroflée secouait ses cheveux roussâtres.

« Je veux rester seule. Comme la femme de la place Mauconseil. Je veux soigner les gens. J'ai commencé et si je peux, j'irai plus loin encore. J'apprendrai à faire les philtres et les onguents, je saurai rendre l'amour quand il est parti et que le cœur se dessèche de désespoir, je…

— Tu parles de chevaucheuses de balais et de femmes extravagantes ! Tu n'es pas de celles-là. Prends-toi un homme qui t'assurera une demeure pas trop vilaine, de jolis marmots qui s'occuperont de toi plus tard, et ne cherche pas à t'éloigner du sort de toutes les filles. Veux-tu ressembler à la vieille Simone qui mendie aujourd'hui sous le couvert des arcades ? Regarde Lazare… Le fils du chapelier. Il te regarde beaucoup, il me semble. Plus tard, il aura une boutique. Ne voudrais-tu pas être celle qui la lui tiendra ? Tu porterais des fichus de coton et même de soie, tu aurais de la dentelle à tes manches, une servante, peut-être deux ! Ta vie serait douce… »

Giroflée avait déjà croisé Lazare. Elle n'aimait pas sa bouche pleine de dents gâtées, elle n'aimait pas la manière dont il avait essayé de l'embrasser et le souffle pestilentiel de son haleine qu'il lui avait projetée en pleine figure. Elle détestait ses mains qui lui pincèrent les seins avec brutalité. Comment aurait-elle pu envisager de partager sa couche avec lui ? Heureusement, les parents de Lazare lui trouvèrent une fille aimable et rubiconde du quartier de Narbonne.

Comment expliquer à tous ces hommes d'Église le plaisir qu'elle connut avec Jehan Gleyzes ?… La douceur de leurs rencontres. Son sourire. Comment son corps avait commencé à vivre. Mais comment aussi Johan avait pris la femme que sa famille lui avait réservée. Leurs adieux. Et comment alors elle avait été confortée dans son désir de rester seule.

— Personne ne voulut de moi, Seigneur. Et je m'en accommodai fort simplement. Je me suis occupée d'un frère et d'une sœur après la mort de mon père et le départ de ma sœur Gratienne. Le temps passe vite à chercher la nourriture.

— Et comment gagnais-tu ta pitance ?

La voix est celle d'un moine attentif, à la silhouette délicate, assis sur un tabouret, à la gauche du révérend.

— Je soignais les gens de mon quartier, puis d'autres encore, avec des herbes…

— Cela te faisait vivre avec ta marmaille ?

— Oui. On me donnait des légumes, parfois du lard. Et quand j'ai pu soigner plus de maux, je reçus plus encore. Des florins et des écus quand j'avais la main heureuse… et avec l'aide de Dieu, concède Giroflée. J'ai pu mettre mon frère en apprentissage chez un fondeur. Il exerce aujourd'hui vers la porte de Messire Gaucher. Ma sœur…

Le moine la coupe avec insistance :

— Mais, si tu soignais, comme tu le dis, plus de maux, qui t'apprit ces… pratiques ?

— Une femme versée dans les plantes et sage-femme à ses heures.

— Son nom ?

— Brunette Gauthier, de la place Mauconseil.

— Nous savons tous ici qu'il s'agissait d'une femme mal

famée, reprend le révérend, qui est morte avant que nous puissions extirper le démon de son âme et de son corps. Et tu prétends avoir appris de cette créature diabolique ? Parle ! Sais-tu bien qu'il ne faut rien nous cacher ? Qui était avec toi dans cet apprentissage démoniaque ? Y avait-il d'autres filles perdues ?

La mémoire de Giroflée n'a rien oublié. Elle ne dit rien, mais dans sa tête, tout un pan heureux de son existence défile.

Elle se revoit encore debout, dans son taudis, contemplant avec fierté des flacons de fortune dans lesquels était condensée une partie de sa science de guérisseuse. Elle voulait savoir plus encore. On lui avait déjà demandé des philtres d'amour, on lui avait parlé d'herbes cueillies à la Saint-Jean qui auraient des pouvoirs accrus, certaines femmes formulaient à mi-voix le désir de ne plus être en mal d'enfant. Mais elle ignorait ce qui dépassait le champ de son expérience.

Elle se mit en quête de celle qui pourrait lui apprendre ce qu'elle ne savait pas. Elle avait entendu parler de Brunette Gauthier, dont la réputation n'était plus à faire. Cette dernière remettait les entorses si vite qu'on n'avait pas le temps de souffrir, les femmes qui accouchaient entre ses mains ne tarissaient pas d'éloges sur les miracles qu'elle était capable d'accomplir quand l'enfant se présentait mal. On disait encore qu'elle savait confectionner des philtres puissants et efficaces pour aider les peines de cœur. Pour Giroflée, elle était la maîtresse d'apprentissage qu'il lui fallait.

Munie de sa fortune – quelques écus dans un fichu –,

elle s'en alla frapper à la porte de la femme. Cette dernière s'activait vivement, dans une cotte de velours grenat. Une coiffe blanche sur des cheveux sombres, deux yeux vifs, une silhouette ronde et une voix forte.

« Entre, ma fille. Je ne peux pas dire que je t'attendais, mais je savais qu'un jour, tu viendrais me voir. Tu soignes, m'a-t-on dit, avec beaucoup de cœur et d'agilité. Tes doigts sont habiles. Que veux-tu de moi ?

— Partager ce que je sais avec vous et apprendre ce que je ne connais pas, en sachant que j'ai beaucoup à apprendre.

— Et que me donnerais-tu en échange, si jamais j'acceptais ? »

Giroflée ouvrit le fichu et montra les pièces à la Brunette. Cette dernière fit un signe négatif de la tête et reprit :

« Ce que tu me montres n'est pas assez.

— Je n'ai rien d'autre.

— Aussi, je ne te demande pas d'argent, mais une docilité complète. Tu me serviras. Tu m'assisteras sans rien dire. Tu iras avec moi ramasser les herbes, tu veilleras avec moi les malades. Ce que je sais de toi me fait accepter ta demande. Tu ne me trahiras pas en racontant mes secrets à d'autres. Si j'apprenais que tu as jacassé inconsidérément, je te renverrais à ce que tu as appris seule, c'est-à-dire rien. On m'a parlé de ta bonté, de la douceur avec laquelle tu assistes les misères. Ce sont elles qui me font accepter. Mais il y a des dangers que je vais t'énumérer... D'abord, les hommes craignent les femmes comme nous et bien peu se risquent à les courtiser. Ils préfèrent les filles simples et qui savent peu. J'ai passé l'âge de ces agaceries, mais toi ?

Sauras-tu vivre sans homme ?

— J'ai déjà choisi d'être fille il y a très longtemps ! Et les marmots ne m'intéressent pas. Je n'y vois que soucis et souffrance, dès lors qu'il nous faut accoucher.

— Mais le plaisir, ma fille, est un maître puissant ; ne vas-tu pas te mettre à suivre celui qui saura mieux faire que les autres avec toi ?

— Celui-là est venu qui en a pris une autre. »

Brunette reprend, mais elle montre à Giroflée un siège.

« Il y a d'autres dangers… Tu peux devenir puissante. Certains ont l'esprit faible. Ils ne le toléreront pas. Gare à ceux que tu guériras trop bien, ils pourront ensuite te mordre cruellement. Reste discrète et humble. N'attends pas de reconnaissance, mais accepte leurs dons. Eux seront soulagés de leur dette et toi, tu pourras vivre à ta guise. Me comprends-tu ?

— Oui, Madame.

— Tu vas t'installer ici. Je ne veux pas avoir à courir lorsque j'ai besoin de toi. Tu dormiras dans ce coin. Je te ferai porter de la paille et un tissu propre pour y mettre dessus. Tu iras à ta demeure et emporteras ce qui te semblera utile pour nos échanges. Autre chose : appelle-moi Brunette. »

Et Giroflée courut rue Chartroussas, déménagea ses fioles et revint s'installer pour un long temps chez Brunette Gauthier.

Le révérend la regarde d'un œil interrogateur. Quelques moines semblent assoupis par la chaleur qui, malgré les murs épais, a pénétré dans la salle. Celui qui est à la gauche du juge a croisé ses mains à l'intérieur des vastes manches de sa robe. Des mouches tournent en rond inlassablement.

— Fille Rey, dois-je répéter ma question ? Il semblerait que tu aies oublié de me répondre. Cherches-tu à couvrir les abominables agissements de cette femme ?

La voix du prélat est ferme. Elle contient une impatience hargneuse qui cependant, reste très maîtrisée.

— Seigneur, je comprends votre question, mais ne peux y répondre. Cette femme faisait le bien. Alors, comment pourrais-je vous dire qu'elle avait commerce avec le diable ? Le Malin prendrait-il les chemins de la générosité ?

— Tu n'es qu'une arrogante discoureuse qui reconnaît bien mal la vertu miséricordieuse de ce tribunal. Prends garde que nous ne te confiions à des mains moins aimables. Étais-tu seule dans ce sinistre apprentissage ?

— Pendant des années, je l'ai été. Le matin, je balayais le logis de ma maîtresse, je veillais à ce que les pièces soient propres et bien aérées. Elle vérifiait toujours qu'elle avait une quantité suffisante de plantes disponibles, menthe, sarriette, achillée, angélique... et elle profitait de cet examen pour m'en apprendre les noms et les propriétés.

— Possédait-elle la « main de diable » ?

— La mandragore ? Elle est très difficile à trouver. Nous en avions peu. Et il était toujours compliqué de l'extraire.

Le moine à la silhouette délicate semble subitement intéressé :

— L'alliez-vous quérir sous les gibets ?

— Non, Seigneur, mais fort loin, bien après la Maladrerie de Saint-Lazare. Il nous fallait encore marcher des heures. Ma maîtresse et moi-même arrosions la plante de notre sang pour la calmer et éviter qu'elle ne crie pendant que nous arrachions sa racine. Ce n'était pas chose facile.

— L'avez-vous entendue gémir pendant que vous la collectiez ?

— Jamais ! Nous connaissions les manières à mettre en œuvre.

Le révérend s'exclame :

— Sais-tu bien que tu parles ici de pratiques démoniaques ?

— Non, Seigneur. Je n'y vois que d'anciennes coutumes que ma maîtresse jugeait bon de respecter. Il nous semblait naturel de cueillir les plantes à certaines dates où elles libéraient tous leurs pouvoirs. De la même manière, nous les ramassions avec tous les soins requis pour qu'elles gardent leur force.

— Décidément, ton arrogance est grande et ta langue a une trop grande souplesse pour une fille sans éducation. Qui t'a mis cette habileté dans la bouche ?

— Je ne sais répondre tant il me semble avoir toujours parlé ainsi. Peut-être le commerce que je nouais avec tant de personnes différentes a délié les mots… Brunette, elle-même, s'exprimait avec beaucoup de facilité et j'ai probablement puisé dans son exemple.

Les moines s'agitent. La chaleur est tombée et certains voudraient sans doute manger et boire.

Le révérend fait un geste vers le geôlier qui attend silencieusement.

— Ramène cette pécheresse orgueilleuse dans son cachot. Pour lui faire abandonner sa superbe, ne lui donne aucune nourriture ce soir. Demain, nous reviendrons sur son apprentissage. Il lui faudra avouer ce qu'elle nous a ici révélé du bout des lèvres. Va donc !

Giroflée se lève et suit l'homme voué à sa garde. D'une bourrade, il la conduit vers les escaliers. Il évite de la regarder et même de lui parler. Sait-on bien de quoi ces femmes sont capables ? S'il croisait son regard, ne pourrait-elle pas le métamorphoser en animal ?

Giroflée est jetée sur le sol. En tâtonnant, elle repère un mur contre lequel s'asseoir et appuyer son dos douloureux. La fatigue et la faim la travaillent. Sa langue est desséchée par la soif.

D'où tirer un réconfort pour survivre et ne pas s'abandonner à l'indignité de son état ?

« Giroflée, viens plus près de moi. Je vais te montrer comment on fabrique un onguent avec la marjolaine. Tu prends de la plante sauvage, puis de la franche. Regarde bien, je les ai suspendues à côté, mais les feuilles de la franche sont plus larges. On va y joindre du myrte, un soupçon de verveine, pour le parfum, et trois feuilles de noyer. Réduis toutes ces herbes en poudre… Ensuite, dans le grand pot du fond, prélève de la graisse. Tu y es ? Mélange… Encore. Il faut que la crème soit verte uniformément et il ne faut pas que des morceaux de feuilles puissent en altérer la douceur ! Car c'est un onguent d'amour que nous fabriquons ! Si l'un l'utilise sur la peau de l'autre, il fait merveille avant le plaisir. »

La voix de Brunette calme sa souffrance et la transporte vers le vent et le soleil.

Elles marchaient toutes les deux au bord du grand

fleuve. L'odeur de l'eau se mélangeait avec celles des plantes.

Les deux femmes avançaient, la maîtresse s'exclama :

« Une touffe de rue verte[3], ma fille ! Respire son parfum !

— Il est prenant !

— Décris-le-moi, avec précision !

— Je dirai qu'il est âcre et pénétrant, salé, peut-être, et qu'il évoque les immondices de la porte d'Aygu ! »

Brunette rit, détacha son fichu et commença à cueillir avec précaution les fleurs jaunâtres.

« C'est une plante échauffante, Giroflée ! Avec elle, le plaisir est décuplé, mais si tu augmentes le dosage, elle coagule le foutre. Surtout si on la mange ! On dit que les femmes enceintes qui passent au-dessus d'un pied de rue avortent. N'en crois rien ! Ce sont des bavardages et des superstitions sans fondement. Mais ses pouvoirs sont immenses ! J'en ai fait respirer à des filles qui ne voyaient pas leurs règles. Pour ce faire, je la jette fraîche sur des charbons ardents. Et les menstrues reviennent ! Elle peut tuer si tu abuses d'elle et une des filles de Nicolas Aymeric en est morte pour en avoir absorbé. Certains l'appellent même "herbe de mort".

— Sert-elle si on ne veut pas l'enfant ?

— Oui, mais elle tue souvent la mère avec l'enfant à

_____

[3] La rue fétide ou herbe de grâce : plante médicinale à l'odeur nauséabonde utilisée depuis l'Antiquité pour ses nombreuses propriétés thérapeutiques. Pour toutes les plantes médicinales dont le nom est cité dans ce roman, vous pouvez consulter utilement la liste des plantes médicinales de France.

naître. Nous, les guérisseuses et les accoucheuses, nous savons l'apprivoiser. Je t'apprendrai à le faire... »

Dans l'étroite cellule privée d'air et de lumière, Giroflée s'est endormie.

# L'adoubement – 2 août 1489

On l'emmène à nouveau. L'aube est à peine levée. Épuisée, Giroflée se traîne plus qu'elle ne marche. Elle a tellement soif. Mais les pas de son geôlier ne la conduisent pas dans la salle du haut. Cette fragile routine absente, elle sent l'angoisse lui serrer la poitrine.

La nouvelle salle est grande, plus éclairée encore que la précédente, par des fenêtres très hautes. La lumière a la brutalité des jours de mistral.

Rentre une petite silhouette en jupon effrangé, suivie d'une religieuse. Giroflée reconnaît la fille : la Fanchon, une jeune mendiante, qui en son temps avait été soignée par Brunette pour une mauvaise plaie. Elle claudique toujours d'une redoutable maladie d'enfance qui laissa sa jambe gauche faible et quasi sans force. De sa petite bouche édentée, elle sourit en s'approchant. La religieuse parle alors à la prévenue :

— Femme Rey… Je suis venue avec cette fille repentie pour chercher sur toi l'empreinte diabolique. Tu n'ignores pas que Satan impose sa marque à ses servantes. Nous allons vérifier si ton œil gauche arbore une patte de crapaud. Puis, avec cet objet que tu vois et que nous t'enfoncerons dans tout le corps, nous trouverons, si Dieu le veut, le signe satanique. Si nous ne le trouvons pas, ne te crois pas innocentée pour autant. Trop de soupçons pèsent sur toi, et le révérend a recueilli plus de témoignages qu'il n'en faut pour te précipiter en enfer. De plus, chacun sait que le Diable, qui est rusé, protège parfois ses meilleurs serviteurs. Fanchon, déshabille-la !

La voix est sèche, absente de toute émotion. Pendant qu'elle parle, les moines et le supérieur sont entrés sans grand bruit. Ils ont pris place au fond de la pièce, sur des bancs. D'autres personnes sont là, qui prennent place également.

La Fanchon s'approche de Giroflée, son visage arbore le même sourire niais que lors de son entrée. Un peu de bave s'écoule de la commissure de ses lèvres.

— Est-ce toi ? murmure la prisonnière. Et que fais-tu ici ? De quoi t'es-tu repentie qui te vaut cette place ?

La Fanchon continue son office sans répondre. Sa tête, dérangée depuis longtemps, ne comprend sûrement pas la question. Elle sait seulement qu'il lui faut obéir pour être une bonne chrétienne. Puis, elle attache Giroflée sur une longue table de bois. La religieuse s'approche avec une lancette. Sur un geste, la mendiante s'approche, et maladroitement, entreprend de raser complètement le corps de la prisonnière. Elle peine longuement à remplir son office. Ses mains sont malhabiles et la lame glisse en crissant sur la peau moite de Giroflée. Quelques coupures saignent sous l'instrument. La nonne attend. Encadré d'une coiffe noire, son visage ruisselle. Elle s'éponge avec une de ses larges manches et ses yeux sombres scrutent la prisonnière.

— Mauvaise créature, je vais donc vérifier si tu portes la marque du diable. Je compte sur toi pour ne pas nous abreuver de cris, mais il est important pour tous que tu manifestes si tu ressens de la douleur.

La religieuse impavide enfonce l'aiguille de sa main blanche et potelée. Dans la cuisse. La douleur est aussi terrible qu'annoncée. Giroflée gémit, son corps émet des soubresauts à chaque fois que la main plonge dans son anatomie torturée. Ses jambes ruissellent de sueur et de sang mélangés. Elle crie de douleur, de désespoir et de rage. Lorsque la nonne attaque sa poitrine, elle perd connaissance.

« Giroflée, ma fille, laisse-moi te parler de l'herbe à la coupure... »[4]

Les deux femmes étaient assises au bord du Roubion. Brunette avait posé affectueusement sa main sur le bras de sa fidèle servante. Les mois passés ensemble avaient tissé des relations quasi filiales d'une grande douceur entre la maîtresse et l'apprentie. Sans jamais rechigner, Giroflée l'avait accompagnée dans ses expéditions botaniques, parfois fort lointaines. Elles pouvaient marcher des jours entiers pour cueillir des plantes de montagne, là-bas, vers le Mézenc. Une condisciple de Brunette, la Vacheresse, les recevait parfois, dans sa masure accrochée aux pentes d'un bois de fayards. Elles échangeaient plantes et recettes, mais aussi des histoires gaillardes qui les faisaient éclater en rires formidables.

« Cette herbe a beaucoup de noms et je suis loin de les

---

[4] L'achillée, ou l'herbe aux coupures : autre plante médicinale. Surnommée également « ortie du diable » ou encore « sourcil de Vénus », l'achillée jouait aussi un rôle important dans les charmes et les sortilèges.

connaître tous ! Certains l'appellent "herbe de Notre Dame", et d'autres "herbe de la Mariée" ! Tu peux comprendre ainsi qu'elle est bonne pour nous, les femmes. Un vieux rebouteux de mes amis s'en servait pour raccommoder les filles qui voulaient paraître neuves à leur mariage. Avant de se faire fouetter à mort par les moines de Mazan-l'Abbaye, il m'avait confié son secret et sa formule.

— Vous étiez son apprentie ?

— Et plus encore, car même dans son âge avancé, il avait gardé toute sa verdeur. Sans doute mangeait-il beaucoup d'ail ! J'ai beaucoup appris de lui, ajouta Brunette dans un rire joyeux. Mais, la manière dont je préfère utiliser "l'herbe à coupure", c'est en infusion. Tu en mets deux pincées vigoureuses dans un pot d'eau bouillante et tu laisses au repos jusqu'à ce que tes mains puissent à nouveau s'emparer du récipient sans craindre de se brûler. Trois mesures par jour sont nécessaires pour te donner de la force et une bonne digestion. Parfois, je prépare la plante à froid. Je la laisse macérer plus longtemps et avec la décoction obtenue, je lave les blessures dont le sang refuse de s'arrêter. Je l'utilise beaucoup dans les accouchements. C'est ce que j'avais fait boire en abondance à la femme Bosc, tu sais, celle du quartier de Narbonne, que j'ai délivrée d'un garçon de plus de huit livres !

— Vous savez tant de choses, Brunette, qu'il me faudra plus d'une vie pour les retenir.

— Je te donne tout ce que je sais, ma fille. Un jour, tu me remplaceras.

— Le plus tard possible.

— Garde-toi toujours de plusieurs choses si tu ne veux

pas finir comme mon ami de Mazan. Si nous devenons trop puissantes, et je crois te l'avoir déjà dit, nous attirons aussi la haine de ceux qui ont du pouvoir sur les autres. Les gens d'Église sont souvent de ceux-là qui aiment dominer sans partage. Le pauvre vieux affronta un terrible supplice pour n'être pas resté dans l'ombre. Et la peur délie bien des langues qui inventent pour sauver leur vie. »

Giroflée ouvre les yeux péniblement. Sa tourmenteuse attend calmement qu'elle se ranime pour continuer sa sinistre besogne. Le regard brillant, la Fanchon observe le corps martyrisé. À nouveau, la lancette s'enfonce jusqu'à l'os. Quelques personnes se sont approchées. Une femme – de haut rang, semble-t-il, à la richesse des étoffes qui la parent – prend à son tour l'aiguille. Il y a des murmures autour de Giroflée, mais la souffrance confond toutes ses perceptions.

— Révérend, cette insigne charogne ne veut pas livrer son secret… Faut-il aussi chercher dans les parties si sales que notre Sœur Esclarmonde n'a pu explorer tant elle avait horreur de les y aller quérir ?

— Faites, Dame Loubatière.

Et la lancette crucifia Giroflée dans ses parties intimes avec tant de hargne qu'elle perdit à nouveau conscience.

« Allez, ma belle. C'est toi qui vas mettre au monde l'enfant. Place-toi devant l'orifice. Commande que l'on t'apporte de l'eau chaude pour te laver les mains. »

Giroflée s'exécuta, le cœur battant d'excitation. Elles étaient dans une maison commerçante de la rue Sainte-Croix, mandées par une servante affolée et en nage d'avoir couru. Brunette avait pris du basilic frais, une fiole de sauge macérée dans du vin, et de la jusquiame. Sur le trajet, alors qu'elles se hâtaient, la maîtresse avait fait redire à l'apprentie les vertus du viatique.

Les doigts dans le bas-ventre de la femme en travail évaluaient l'échéance. Brunette administra une potion de jusquiame pour calmer l'affolement de la parturiente dont c'était le premier enfant. Elle prononçait des paroles apaisantes.

« C'est chose naturelle, ma fille ! Et tous tes appareils ont été prévus pour cette fonction. La douleur est souvent forte, car le premier enfant doit se frayer un chemin, mais il semble bien engagé. »

Sous la surveillance constante de sa maîtresse, Giroflée attendit les poussées qui suivirent les contractions, afin d'empêcher la femme de se déchirer dans une expulsion trop violente. Bientôt, une tête apparut et un cri retentit. Une fillette était née et Giroflée avait été la première à la tirer délicatement vers elle et à la tenir entre ses mains. Elle la confia à des servantes à qui elle demanda de l'envelopper dans des étoffes chaudes. Puis elle attendit auprès de sa maîtresse que la jeune accouchée se libère du sac ayant contenu l'enfant. Brunette savait l'importance de cette dernière partie de l'accouchement. Elle avait transmis à son élève l'inquiétude si rien ne se produisait dans le quart d'heure et les méthodes destinées à provoquer l'ultime délivrance. Trop de femmes mouraient dans les jours suivants et l'accoucheuse savait que la fièvre était mauvais signe. Elles frictionnèrent le ventre de l'accouchée avec de l'huile et lui placèrent un brin de basilic sous l'oreiller ; puis, elles lui administrèrent du vin de sauge. Les servantes allaient refaire le lit propre, ramener l'enfant étroitement emmaillotée, pendant que l'on servait aux deux accoucheuses une collation bien méritée.

« Vois-tu, ma fille, aucun accouchement ne ressemble à un autre. Tu dois t'appuyer sur ce que tu as fait, mais tu ne dois jamais imaginer que cela deviendra facile pour toi, même après plusieurs années d'exercice. J'ai vu, et toi aussi déjà, trop de femmes en travail mourir pour savoir que nous ne dominons pas vraiment la Nature. Tu as vu les aides que j'ai apportées. Elles ne peuvent rien, si le sac ne sort pas ou si l'enfant se présente mal. Il ne te reste alors que l'aide du Seigneur. Nous reviendrons demain visiter l'accouchée et voir si l'enfant prend bien le sein. Peut-être devrons-nous lui trouver une nourrice ! »

Le visage rond et blafard de la religieuse est à nouveau au-dessus d'elle. On la détache. Elle s'effondre sur le dallage. Elle n'est plus que plaies et douleur. Son corps à vif est rhabillé, ses haillons se couvrent de rouge. Il lui semble que la vie la quitte.

Le révérend s'approche. Sa voix n'a rien perdu de ses inflexions autoritaires dans lesquelles aucune pitié ne vient se glisser. Il a conscience d'avoir œuvré pour la vérité, même si cette dernière tarde à se manifester. Il donne des ordres au geôlier.

Les frères viennent constater que la vérification a été faite. Devant la forme prostrée et sanglante, ils argumentent avec ardeur.

— Frère Pancrace, se pourrait-il que cette femme soit innocente ?

— Comme l'a dit Sœur Esclarmonde avec justesse, nous

savons que le Démon protège parfois avec zèle ses plus proches servantes.

— Comment savoir, alors, si cette femme a commerce avec Lucifer ? demande un jeune moine en se signant.

— Le chemin de la vérité est long et difficile, mais Dieu éclaire ceux qui travaillent en son nom, frère Raymond.

— Elle est bien faible. Il ne faut pas qu'elle meure, car le Malin pourrait en être réjoui.

Le révérend commande de la nourrir et de lui procurer de quoi s'essuyer le corps. Il ajoute une directive au geôlier qui la soulève avec difficulté. La Fanchon est mise à contribution. Elle ne sourit plus.

On la jette dans un autre cachot, plus grand, avec de la paille. Une humidité très forte imprègne l'air et les murs. Giroflée est laissée. Derrière la porte refermée, les bruits de pas décroissent. Le silence s'installe. Elle est allongée sur un sol dallé, semble-t-il, de pierres claires. Une fente dans l'un des murs dispense assez de lumière pour que sa silhouette se dessine, recroquevillée pour tenter de moins souffrir. Ne pas bouger. Poser sa joue et ses bras sur le froid minéral pour combattre les élancements atroces qui parcourent ses membres. Après un long moment silencieux, des ombres bougent et font crisser la paille.

Une main touche ses cheveux. Une voix murmure :

— Jehanne Rey, c'est bien toi ?

Il y a si longtemps qu'on ne l'a pas appelée ainsi. Est-elle morte pour entendre des voix ?

— Je suis Louise Lagier, tu sais, la fille qui habitait près de chez toi, rue des Frères mineurs. On m'appelle aussi la Ribaude. J'ai commerce avec les hommes près de la porte d'Aygu. Tu m'as soignée, il y a quelque temps, car je ne voyais plus mes règles et je craignais d'être engrossée... J'ai été accusée par une fille mendiante d'être une chevaucheuse de balais et d'avoir baisé le cul du Diable. Par tous les saints, que t'ont-ils fait ? Nous sommes cinq ici qui attendons depuis de nombreux jours qu'on nous interroge : la Clémence Tardieu, Jeanneton de la Maladrerie, Nicoline, de la place aux Herbes, et sa sœur Isabeau.

Giroflée ne peut répondre. Ses lèvres tremblent de souffrance. La Ribaude lui caresse les cheveux tandis que les autres femmes s'approchent. Un murmure de terreur les secoue lorsqu'elles réalisent l'état de leur compagne.

— Jehanne, que nous font-ils là-haut ? On dit tellement de choses...

Mais l'infortunée a déjà sombré dans un chaos d'images et de voix.

« Jehanne, je voudrais un onguent comme celui que tu as donné au mari de Jacquette. Cela lui a mis son membre dur comme fer ! Peut-être que si j'en donne au mien, il pourra me satisfaire...

— C'est de la verveine... Tu la réduis en poudre, et tu te frottes le talon droit avec... »

Elle court avec Belle accrochée à sa main, elles ouvrent leurs bras pour laisser le vent gonfler leurs hardes. Elles sont des oiseaux...

« ... Giroflée, Giroflée, donne-moi ton cœur et ton corps de pucelle, Giroflée, regarde-moi... »

Le jour s'achève. Le cachot s'enténèbre. On leur a apporté une cruche d'eau et une sorte de soupe maigre à l'odeur surie. On entend seulement les femmes laper le liquide dans le pot trop lourd pour être porté à la bouche. De sa main creusée, la Ribaude apporte de l'eau à la bouche de Giroflée.

# La passation de pouvoir
## – 2 août 1489

L a lumière du jour dessine une fente étroite sur le sol dallé. Giroflée est toujours prostrée. Avec l'eau de la cruche, les femmes l'ont lavée dans son sommeil. Elles ont décollé de son visage ses cheveux ensanglantés. Sur ses joues suintent encore les trous de la lancette. La Ribaude l'a fait boire, goutte après goutte ; elle lui a resserré les lèvres pour l'obliger à avaler le liquide.

On vient chercher les deux sœurs qui suivent, hagardes et muettes de terreur, le geôlier.

— Dis-moi, l'homme, veut-on que l'on moisisse ici ? J'en connais qui s'impatientent près de la porte d'Aygu. Peut-être y venais-tu aussi ? Ce n'est pas toujours les balais que je chevauche ! Et il semblerait que beaucoup se sont pris pour le Diable et m'ont montré leur cul !!

— Tais-toi, femme mal famée. Est-ce ainsi que l'on parle à un bon chrétien ?

— Fi donc, je suis sûr que tu faisais moins le fier, tantôt devant ma boutique, avec ta chosette bouillante !

— Il y en a là-haut qui se chargeront de te faire perdre ton caquet de catin.

Thomas Faure tourne les talons avec les filles terrorisées.

— Giroflée, parle-moi... Qu'y a-t-il là-haut de si

terrible ? Nous torture-t-on ? Qui t'a dénoncée ?

— Il y a là une assemblée de gens d'Église… souffle Giroflée. Et j'y ai vu la Fanchon…

— Pourquoi interroger cette pauvrette à l'esprit fol ? Elle ne sait rien, pas même où elle a vu le jour. Ces hommes d'Église ont-ils perdu le sens commun pour écouter ses bavardages ?

— Chacune se sauve en montrant les autres du doigt. Il n'a pas été difficile de lui faire croire qu'elle devait le faire si elle voulait rester vivante. J'ai entendu aussi la fille Belloc…

— L'Agassa ?

— Oui… et ils avaient écrit un témoignage de Marie des Remparts. Combien sont prêts encore à parler, je ne sais.

La Ribaude écoute anxieusement l'infortunée qui a changé de place en geignant doucement. Elle la fait boire à nouveau dans ses mains. Thomas Faure a jeté tantôt un vieux morceau de pain noir qu'elle lui émiette maternellement dans la bouche. Clémence et Jeanneton se lamentent.

— Taisez-vous, gallines ! N'a-t-on jamais vu pareilles couardes !? Voulez-vous qu'on vous accompagne pour faire bon poids ?

La Ribaude prend doucement la tête de Giroflée, la pose sur ses genoux et reprend :

— Dis-moi, encore, ma fille, que veulent-ils savoir ?

— Ils attendaient que je raconte ce que Brunette Gauthier m'avait appris, mais aussi si elle avait formé d'autres guérisseuses… Ils voulaient que je leur dise que ma mère, elle-même, était versée dans la sorcellerie… Si nous sommes là, toutes, c'est que des délates nous ont accusées pour se sauver elles-mêmes. La Fanchon, si pauvre d'esprit qu'elle soit, l'a bien compris, et la fille Belloc aussi. Je ne sais ce qu'il vaut mieux : parler ou se taire…

Giroflée marque une pause. Elle sent ses membres torturés comme si des doigts de feu lui transperçaient indéfiniment la chair. Elle voit le visage rond de la Ribaude et les silhouettes des deux autres collées l'une à l'autre. Jeanneton murmure :

— Jehanne Rey, j'ai bien connu la Brunette lorsqu'elle m'a vendu une potion. Mon fils Anselme toussait depuis tant de jours… Il s'en est trouvé mieux. Tu étais là, je me rappelle, assise près d'un tas de bois. Me faudra-t-il le dire s'ils me le demandent ?

La question se brise dans un sanglot d'angoisse.

— Tu diras ce que tu as vu, ce que tu sais. Mais garde-toi d'écouter ce qu'ils te soufflent. Brunette connaissait les plantes, elle avait appris le métier de sage-femme, et celui de rebouteuse. Elle ne serait pas morte si elle avait été sorcière. Écoutez bien, Jeanneton, Clémence, et toi aussi la Ribaude, il n'y avait pas meilleure femme qu'elle. Elle m'a tout donné. Je me rappelle encore sa voix si forte, ses petites mains robustes et son rire qui m'emplissait de joie…

Brunette arpentait la ville, un fichu noué sur ses cheveux bruns. Sa démarche était légère malgré son embonpoint, elle évitait les flaques et les immondices par de légers pas de côté.

Giroflée raconte aux trois autres proscrites et l'image de la guérisseuse habite ses pensées comme un baume sur son corps meurtri.

« Giroflée ! Nous partons ! C'est le moment où la

gentiane s'épanouit là-bas, sur les montagnes près de Géorand. Nous trouverons le millepertuis, la reine-des-prés, la centaurée et tant d'autres que l'impatience me gagne comme une jouvencelle à son premier rendez-vous ! Allez ! Mets tes poulaines[5] et ton fichu ! »

Les deux femmes quittaient la maison de Mauconseil, le rire aux lèvres. Dans un sac, elles emportaient une serpette, quelques racines à échanger avec des guérisseurs prêts à les héberger, des tissus chauds pour affronter un climat plus rude. Elles aimaient ces moments où leur liberté leur paraissait encore plus grande : elles grimpaient des sentiers au milieu de pierrailles grises et noires, Brunette signalait la moindre plante qui aurait pu encore être inconnue de son élève : l'épilobe à la hampe rose, la redoutable digitale, la molène velue et imposante. À chaque fois, les deux femmes entamaient une cueillette appliquée. La maîtresse faisait répéter inlassablement les vertus et les dangers de chaque élément. Elle développait avec un art sûr toutes les préparations possibles qui pouvaient transformer le poison le plus violent en potion efficace. Elles faisaient halte dans les forêts, ramassaient des brassées de fougères dont elles se faisaient des paillasses parfumées. Brunette sortait le matin de sa couche improvisée, les muscles raidis par la fraîcheur et la rosée. Elle s'étirait douloureusement et pestait en s'esclaffant devant la vieillesse qui lui prenait vigueur et souplesse.

Parfois, maîtresse et apprentie s'arrêtaient dans une masure amie. Sur les pentes envahies par les genêts, au

---

[5] Chaussures à bout pointu et relevé, portées au Moyen Âge.

détour d'une calade enfoncée dans les châtaigniers, ou dans un hameau environné de terrasses patiemment cultivées, il y avait souvent une porte ouverte et de la paille pour la nuitée. Une soupe chaude. Des rires. Et des échanges de conseils, de plantes ou de potions. Près du village de Borée, elles goûtèrent un jour des champignons séchés et mis en poudre par une très vieille femme, dont Giroflée voyait encore les petits yeux noirs rapprochés et la bouche remplie de chicots.

Elles planèrent comme des oiseaux pendant des heures, rasant les rochers les plus élevés, dans un moment d'indicible euphorie. Brunette n'avait plus mal aux os et explosait de rire lorsqu'elle croyait saisir un bouquet de feuilles à la cime d'un arbre. Giroflée retrouvait des sensations enfantines de liberté et de douceur lorsqu'elle courait au bord du grand fleuve avec ses radeaux de joncs tressés et que ses cheveux tourbillonnaient en lui caressant le visage. Un intense sentiment d'ivresse la parcourut pendant ces heures où, dans la masure de la vieille Berthe, elles goûtèrent à un plaisir inconnu. Brunette échangea des tiges de rue séchées et du fenouil contre quelques onces de cette précieuse poudre.

« Giroflée, il va nous falloir apprivoiser cette substance qui nous a fait quitter terre pendant longtemps ! Je savais la puissance des plantes, mais jamais je n'aurais imaginé les effets de ces champignons. Garde-toi de divulguer ce pouvoir de planer à volonté, nous ferions bien des jaloux. Imagine que nous la distribuions largement autour de nous… C'est là qu'on verrait en nous des chevaucheuses de balais, de celles qui ont commerce avec le Malin, et il s'en trouverait même pour affirmer nous avoir vues sur notre monture de genêts ! »

Près du Mézenc, par une matinée ensoleillée, elles virent un champ entier de grandes plantes à fleurs jaunes. Brunette sortit d'une de ses bourses de cuir un outil à deux dents. Elle chercha rapidement une branche de fayard qu'elle débita et ajusta adroitement à la pièce de métal, la transformant ainsi en une fourche improvisée. Elle entreprit avec douceur et énergie d'extraire la racine de l'une d'entre elles tout en expliquant à Giroflée : « Ma fille, il nous faut l'arracher aux entrailles de la Terre, de l'enfer. Le Malin tire à l'autre bout, aussi, faut-il autant de force que de prières. Aide-moi. »

La racine, longue de plusieurs mètres leur demanda bien des efforts. Tout à la joie de la cueillette, Brunette caquetait avec entrain :

« On l'appelle la gentiane. J'en fais une boisson qui réveille les morts et rend les hommes fougueux ! J'en gardais autrefois toujours avec moi, mais le vieux de Mazan n'en avait pas besoin ! Tu peux aussi en brûler, lorsqu'elle est sèche avec des roses rouges… Près d'un lit, le parfum fait merveille et tient bien ses promesses. Tu peux l'associer au fenouil, à l'angélique ou à la réglisse, elle décuple alors ses pouvoirs en amour. C'est une plante de longue vie et je veille à ne point en manquer. On dit qu'un pied peut vivre plus longtemps qu'un homme.

— Brunette, comment engranger définitivement tout ce savoir ? Ne vais-je point oublier vos paroles ?

— Je vais tâcher de vivre bien longtemps, reprit-elle en riant, mais rien ne me dit le jour et l'heure, aussi, applique-toi toujours comme si je pouvais mourir très vite. Il y a tant de choses pour lesquelles nous sommes impuissantes. Regarde la jeune femme de maître Galimbert... Le mardi, elle était fraîche et rose, et je l'assistais dans son agonie le samedi. Qu'est-ce qui avait creusé ses yeux et qui la rongeait de fièvre ? Souvent, Giroflée, nous ne pouvons qu'apaiser la souffrance, adoucir une fin cruelle. Nous ne sommes pas maîtresses du destin des autres. Ne l'oublie jamais. Que nos pauvres connaissances, même si elles te paraissent énormes, ne te fassent pas oublier que nous ne pouvons rien sur la mort et que bien des maladies restent mystérieuses. Si un jour, une quelconque victoire rapportée par un onguent ou un charme te distrayait de la modestie que tu dois garder, alors, je penserais que mon enseignement a été inutile. »

Rarement Brunette avait parlé avec autant de conviction et de gravité. Elle resserra son fichu sur ses cheveux, éclata de rire devant la mine sévère de Giroflée et rajouta : « Ma fille, ne me laisse pas m'assécher la gorge par des discours aussi longs ! Donne-moi l'outre que tu as à tes pieds ! Et puis, nous n'en avons pas fini avec dame Gentiane ! Recueille aussi les fleurs que nous ferons sécher. Si tu observes bien, tu verras une capsule au milieu d'elles. C'est là que sont ses graines. J'en utilise parfois de pilées. »

Les deux femmes repartirent, ployant sous les provisions. Elles marchèrent plusieurs jours avant d'apercevoir le château de Narbonne.

La traversée du grand fleuve s'était faite plus aisément, le niveau de l'eau ayant baissé avec les chaleurs. « Certains disent qu'il surgit d'un bloc de glace et que rien n'apaise sa fougue, ni l'hiver, ni l'été, commenta Brunette, aussi, considérons notre chance de le voir si sage aujourd'hui. Nous ne mouillerons que le bas des jupons. Place ton fardeau sur ta tête ! »

La place Mauconseil leur parut bien petite au regard des endroits qu'elles avaient traversés, mais elles passèrent de joyeux moments à tout ordonner, classer et transformer. Brunette fabriqua force flacons de longue vie, Giroflée s'appliqua à doser du millepertuis dans de l'huile et à l'exposer au soleil, jusqu'à ce que le liquide devienne ce baume rouge capable de cicatriser les brûlures. Tous les récipients de la maison furent utilisés, un chaudron murmurait sur un feu de braises. Assises devant leur porte, les deux femmes recevaient les salutations empressées de leurs voisins.

« Vous voilà donc enfin ! La vieille Martille est morte en vous maudissant ! Elle disait sur son lit de mort que vous aviez l'élixir de jouvence et que vous aviez refusé de le lui vendre !

— Garde-toi, Martin, de rapporter pareille folie, car si j'avais un pareil trésor, ne crois-tu pas que je serais la première à le boire ? Surtout devant un si joli damoiseau que toi ! J'aurais fait la jouvencelle, et je t'aurais pris avec tant de force dans mon grand lit que tu aurais égayé toute la place de tes cris de plaisir ! Ce n'est pas la peine de virer ainsi au rouge, mon beau ! Mais Martille était comme beaucoup, qui parlent sans réfléchir tant ils ont peur de mourir.

— Eh, Brunette ! Je suis grosse d'au moins six mois ! Je veux que tu m'assistes, je ne veux pas de la matrone moustachue du quartier de la Jatterie ! Ses mains sont comme des battoirs. Je veux les mains de Giroflée !

— Ne t'inquiète pas, Giraude, nous serons là. Pour l'instant, nous avons d'amples provisions. Mais à regarder ton ventre, on dirait que tu vas faire une nouvelle fille.

— Garde-toi de m'annoncer une telle nouvelle. J'en ai une pleine maison et Colas pourrait bien être en colère s'il ne voyait pas un petit asticot entre les jambes du nouveau-né ! »

La Ribaude fixe Giroflée avec intérêt. Les deux autres aussi. A-t-elle vraiment raconté tous les souvenirs qui se bousculent confusément et se brisent à nouveau sur les douleurs du poinçon ? A-t-elle parlé des secrets qu'elle partageait avec Brunette ? Que diront ces femmes si elles sont interrogées ? Parleront-elles des champignons et des racines de gentiane disputées au Malin ? Giroflée s'agite, passe une main dans ses mèches et murmure :

— Louise, j'ai le sentiment d'avoir caqueté comme une vieille poule en mal de compagnie. Rapporte-moi mes bavardages… Je te dirai s'ils sont bons à jeter comme ceux de la vieille Martille ou s'il faut les garder en hommage à Brunette…

— Ma fille, n'aie crainte. Ni de moi, ni de ces gallines tremblantes. Il n'y a rien qu'un de ces hommes là-haut ne puisse entendre. Tu as parlé du vent, de contrées montagneuses, de fleurs jaunes…

— Et même d'un vieux plein de vigueur, rajoute Clémence en rougissant.

— Au fait, cette fois-là, est-ce que Giraude a eu une fille ?

— Non ! C'est un garçon qui est sorti ! Il s'est appelé Colin, comme son père, qui en était si fier qu'il l'avait promené dans ses bras pour la Saint-Jean !

Jeanneton confirme avec un pauvre sourire dans son visage menu comme un poing.

— Raconte encore, Giroflée, il nous semble que le temps passe plus vite et que nous ne sommes pas dans ce cachot puant.

Les jours passèrent, les années aussi. Brunette gardait son grand rire, mais se ratatinait lentement. Giroflée était désormais sa comparse et parcourait seule les chemins de montagne. Sa science et sa réputation étaient bien établies dans la ville et même au-delà. Ses cheveux roussâtres étaient nattés et lui faisaient une couronne opulente et douce qui contrastait avec ses traits anguleux. Sa voix douce et voilée, sa grande et robuste stature étaient familières à tous.

Pour la première fois, elle fut appelée au chevet d'une dame de haut rang en mal d'enfant. Ses yeux percevaient des richesses auxquelles elle n'avait jamais été confrontée. La femme gisait dans un lit de soie, entourée de servantes affolées. Le médecin et son assistant s'étaient retirés impuissants. La délivrance semblait proche. Giroflée comprit très vite que l'enfant se présentait mal. Elle fit taire les commentaires terrifiés. Lentement, elle passa ses mains entre les jambes si blanches de la dame, et avec douceur, entreprit de retourner l'enfant. De sa voix tendre, elle l'encourageait : « Madame, respirez plus lentement, l'enfant est là bien vivant. Nous allons le remettre dans le bon chemin, et il viendra ensuite tout seul entre mes mains.

Ayez confiance. J'ai déjà pratiqué l'exercice. »

Et l'enfant naquit, et la mère vécut. Le seigneur lui remit une bourse garnie.

« Brunette, vous auriez vu toutes ces bougies qui donnaient presque l'illusion du jour… Et sa chemise ! Une dentelle si fine qu'on aurait pu croire le travail d'une araignée…

— Ma fille, gloussa la maîtresse, tu as eu le temps de détailler le travail des dentellières ! Ce ne fut pas un accouchement si difficile qu'il paraît ! »

Jeanneton l'interrompt :

— Jehanne, on dit que tu fus appelée chez la Dame de Marsanne, qu'elle t'envoya chercher sur un cheval tenu par un de ses hommes… Certains t'ont vue passer vers la Maladrerie dans ce fier équipage !

— Oui, et je montais derrière l'homme qui chevauchait à plein galop. J'eus si peur que je m'agrippai à son ceinturon avec l'idée que ma dernière heure était arrivée. Nous avons traversé les villages si vite que je ne savais plus les compter. Il faut dire que souvent j'avais gardé les yeux fermés ! Je craignais encore plus de perdre ma bourse pleine de simples et de fioles qui s'entrechoquaient !

— Que voulait la Dame Raymonde ? Et d'abord, l'as-tu vue ? Et le château ?

— Silence, jacasseuses, s'interpose la Ribaude. Voulez-vous donc laisser Giroflée nous dérouler son histoire ! A-t-elle plusieurs bouches pour répondre à votre méchant vent de questions ?

Giroflée sourit encore, elle se revoit titubante descendre du cheval et se diriger vers une servante revêche qui lui faisait signe de la suivre. Elle passa rapidement une main dans ses cheveux que le vent de la course avait partiellement défaits. Ses nattes battaient sur son dos. Elle refit le nœud qui les maintenait autour de sa tête. Elle s'assura que la bourse occupait sa hanche droite et remit de l'ordre dans ses vêtements. La femme s'impatientait. On l'attendait. On ne l'avait pas envoyé quérir pour la regarder s'attifer.

Elles grimpèrent des escaliers monumentaux qui rétrécissaient dans leur partie médiane. Giroflée aperçut des tapisseries suspendues à des murs de pierres ocre clair. Des coffres, des chaises de bois sombre, de hautes et étroites fenêtres ornées de vitraux blancs et verts. Enfin, une chambre réchauffée par une énorme cheminée où brûlait un feu puissant. Et sur un fauteuil, une jeune femme diaphane, à la poitrine si menue qu'on aurait dit celle d'un oiseau. La servante disparut sur un signe bref de la dame.

« Approche, femme Rey, du moins est-ce ainsi que tu t'appelles, m'a-t-on dit. »

La voix était fragile et douce comme le chant du verre sur lequel on aurait passé un doigt mouillé. Mais le ton était dur et sans réplique. Les yeux de la dame se fixèrent sur Giroflée avec férocité, mais la guérisseuse, expérimentée, y décela aussi une anxiété profonde.

« Ce qui se dira ici n'en sortira jamais, ajouta-t-elle. Ou sinon, crois-moi, je te ferai arracher la langue sur une place publique… »

Giroflée acquiesça d'un signe de tête.

« Connais-tu les philtres qui provoquent l'amour, qui font qu'un homme ne quitte plus une couche qu'à regret, si bien qu'il oublie les catins dont il fait son quotidien ? Ou… plus encore… Possèdes-tu quelques plantes qui débarrassent un ventre impudique de l'enfant de cet homme ? »

La dame parlait en regardant alternativement les vitraux verts de la pièce et Giroflée debout devant elle.

« Dame estimée… Pour agir bien, il me faut comprendre. Désirez-vous pour vous-même de ces charmes efficaces qui ramènent les maris volages dans les bras de leur femme ? Et voulez-vous aussi que la maîtresse perde l'enfant par lequel elle espère attacher le père ?

— Tu comprends bien pour une femme de ton espèce. Peut-être ne m'aura-t-on pas conseillé en vain ta fréquentation. On m'a dit que tu savais comment rallumer les passions éteintes. On m'a assuré que tu avais redonné les règles aux femmes qui ne voulaient pas d'enfant. Si tu remplis correctement ces deux missions, je te donnerai une poignée de florins et quelques écus d'or. Je ne supporterai pas de refus. »

La dame agita un doigt frêle vers Giroflée tandis que ses joues pâles se coloraient d'excitation.

« Il vous faudra, Votre Seigneurie, accomplir quelques gestes que je ne pourrai exécuter moi-même, et suivre avec un grand souci de précaution tout le rituel nécessaire.

— Me prendrais-tu pour une idiote ?

— Certes non, mais de la rectitude dépend tout le succès de votre entreprise. Voici quelques fleurs de mauve. Elles sont liées à d'autres plantes, toutes bonnes pour votre entreprise. Je les ai rassemblées dans un onguent dont vous frotterez votre corps, mais aussi celui de l'homme que vous voulez garder. Longuement. Plusieurs fois de suite. Faites doucement. Que le geste soit plus léger que la plume... »

La Ribaude regarde Giroflée et éclate de rire.

— Je ne vois là aucun charme, mais les vertus conjuguées d'une main experte et...

— Qui peut savoir, Ribaude... Puis je donnai à la dame une fiole à verser dans le repas de la maîtresse, et encore une autre si l'enfant restait accroché plus de deux jours.

— Comment pouvais-tu savoir que tu aurais besoin de ces choses-là lorsque tu avais rempli ta bourse de produits ?

— Ce sont là des demandes si fréquentes ! À croire que bien des femmes soupirent et souffrent du mal d'amour ! Quant à la plante qui permet de revoir ses règles, elle est si puissante, et ses pouvoirs si étendus, qu'elle fait toujours partie de mon viatique. Les dames sont comme nous... Je ne sais ce qu'il advint de celle de Marsanne. Mais un cavalier m'apporta quelques florins huit jours plus tard.

Dans la cellule désormais sombre, les femmes ont oublié leur malheur. Elles rêvent de la chambre seigneuriale. De caresses et de fourrures, de tapisseries. D'amour perdu et retrouvé.

Des pas se rapprochent. La porte s'ouvre. Nicoline et Isabeau sont poussées sans ménagement vers l'intérieur. Elles s'affalent en gémissant. À nouveau, l'angoisse affole les regards des femmes.

La nuit tombante ne permet pas de distinguer les visages des deux proscrites. Ont-elles été torturées ? demande la Ribaude d'une voix mal assurée :

— Alors... Que vous ont-ils fait ? Des discours, des questions ou plus encore ?

— Ils nous ont interrogées de mille façons cruelles, murmure Nicoline. Ils ont attaché Isabeau et l'ont suspendue en l'air… La pauvrette suffoquait de terreur et s'est pissée dessus. J'avais moi-même les pieds dans des brodequins du Diable qu'un grand homme très brun serrait sur mes chevilles… Le révérend l'a arrêté avant qu'il ne me les brise…

Un hoquet d'épouvante brise son filet de voix. Isabeau pleure en grand silence, elle a mis ses longs cheveux devant ses yeux et sa tête éplorée pend entre ses jambes, comme celle d'un oiseau mort. La Ribaude tente un geste d'apaisement, mais la fille sursaute de terreur.

— Son entendement est malade de ce qu'il a vu et subi… J'ai vu une fois une femme prise de force par des routiers, elle non plus ne pouvait parler et son esprit est resté fol pendant longtemps…

Giroflée revoit encore la femme prostrée, qui refusait avec violence qu'on l'approchât et qui hurla lorsque Brunette voulut examiner une plaie sur son cou. Elles veillèrent la forme raidie tandis que le mari désemparé leur promettait force écus pour la ramener à la vie. Le lendemain, elles lui administrèrent de la jusquiame, tandis que l'autre les regardait sans les voir.

— Puis, elle s'est endormie pendant plusieurs jours, car, quand elle se réveillait, nous lui préparions la même décoction pour la ramener dans des songes meilleurs. À son réveil, elle a gardé un regard qui semblait souvent accroché à quelque chose derrière notre dos…

Coline s'est approchée de Giroflée, elle lui parle de ses chevilles rouges et douloureuses. Cette dernière les tâte délicatement dans l'obscurité du cachot.

— Tu n'as rien de brisé. Ce sont tes chairs qui sont seules meurtries. S'il t'est donné de sortir bientôt, tu les laveras à l'eau fraîche et appliqueras un onguent que te donnera l'apprentie. Mais… que vous ont-ils demandé ?

— On leur avait dit que nous faisions commerce avec le Diable et qu'on nous avait vues en compagnie d'un homme noir sentant le soufre et le bouc. On disait même que nous avions retroussé le cotillon pour permettre au Malin de nous baiser…

— Qui sont ces « on » sans vergogne qui propagent des idées aussi folles et qui sont ces hommes d'Église pour créditer ces fadaises dignes de vieilles radoteuses ?

La Ribaude explose de colère.

— Une fille de douze ans et sa petite sœur de huit ont raconté nous avoir vues un soir, sous l'orme du cimetière de Sainte-Croix. Vous savez, là où les lépreux mendient parfois… Elles l'ont raconté à messire Jean Roche qui tient l'école dans l'ancienne maison des Templiers. D'autres ensuite ont témoigné et confirmé les dires des fillettes. Nous ne comprenons pas, ni pourquoi les petites ont raconté de telles légendes ni pourquoi il s'est trouvé des gens pour les croire et nous emmener ici.

— Je ne sais pas, ajoute Giroflée, mais ce temps est mauvais pour les femmes comme nous. Toi, la Ribaude, qui commerce avec les hommes sans en épouser un seul ; vous, les deux sœurs ; ou toi, Clémence Tardieu, qui n'avez, comme moi, ni marmots ni mari…

— Le mien est mort sans m'avoir engrossée. Cela fait-il de moi une mauvaise femme ?

— Non, Clémence... Mais tu es moins préservée maintenant. Et il y a bien des esprits fols comme la Fanchon pour nous dénoncer. Je vous l'ai dit... Les délates se protègent en nous dénonçant.

La nuit épaisse a noyé les corps et les visages. Les voix murmurent encore dans les ténèbres des paroles sans fin, pour apaiser les tourments et les membres suppliciés. Isabeau s'est endormie à l'abri de ses cheveux.

# Le plein exercice – 4 août 1489

Le jour s'est levé et par l'étroite fenêtre, il rentre une lumière violente qui annonce un jour de mistral. Les cinq femmes ont fini par s'endormir les unes sur les autres, à l'exception d'Isabeau qui est restée prostrée dans ses cheveux.

Point de Thomas Faure ce matin-là pour les réveiller avec brutalité.

La paille crisse sous les corps lourds de sommeil. Giroflée tente avec peine de se soulever, mais il n'existe aucune position pour la soulager de ses plaies multiples. Elle regarde ses compagnes recroquevillées. Elle passe une main dans ses mèches poisseuses de sang coagulé. Où puiser une once de douceur et de réconfort dans ce qui lui apparaît clairement comme l'antichambre d'une mort qu'elle pressent terrible ?

À nouveau, son esprit glisse dans le passé.

Brunette était couchée depuis de nombreux jours dans son lit. Son front s'était couvert d'un voile luisant de transpiration. Giroflée, à ses côtés, écoutait le filet de voix de la guérisseuse mourante.

« Giroflée, j'ai peur de ce que je ne sais pas. Y aura-t-il des anges pour m'accueillir ?…

— Brunette, ils sont sûrement près de vous et messire saint Michel agite ses grandes ailes pour vous emporter au

Paradis. Vous n'avez fait que le bien… Comment pourrait-il en être autrement ?

— Et s'il n'y avait rien que le froid et les ténèbres ?

— Taisez-vous, Maîtresse, cela est impossible. Toutes ces églises, ces paroles douces, ces saints admirables… Et il n'y aurait rien ? Qui aurait fait alors la mauve ou la mandragore ? Qui aurait permis que vous existiez ? Qui aurait présidé à notre rencontre ? Rassurez-vous bien vite. Je suis là près de vous. Ne voulez-vous pas un peu de jusquiame pour apaiser vos doutes ? Ou de ces champignons que j'ai ramenés de chez la vieille Berthe ? »

La proposition arracha un sourire à la moribonde.

« Tu veux donc me faire toucher le clocher de Sainte-Croix ? Non, ma fille, récite plutôt quelques patenôtres pour m'accompagner. »

Pour assister son amie dans ses derniers moments, Giroflée s'en était allée auprès de messire Pons Meynard, curé et lépreux, confiné à Saint-Lazare, espérant trouver de la mansuétude chez l'homme d'Église malade. Ses semblables, en effet, avaient tous refusé l'extrême-onction à la sorcière, la femme mal famée qu'était devenue Brunette. Pons Meynard refusa avec plus de morgue et de violence que les autres.

« Disparais de ma vue, fille perdue. Ta seule présence est une offense. Que croyais-tu ? Que le mal qui me ronge me ferait oublier les devoirs d'un homme d'Église ? »

Des linges sales entouraient ses membres torturés tandis que son visage encore intact exprimait une rage puissante.

Giroflée récita donc quelques prières en serrant les mains maigres et froides de sa maîtresse entre les siennes.

Elle essuyait le front ridé et rappela, entre deux dévotions, à la vieille femme qu'elle allait rejoindre le vieux de Mazan et qu'ensemble, ils allaient s'en donner à cœur joie sur des lits de nuages dorés.

Brunette mourut un sourire aux lèvres. Giroflée s'occupa de l'enterrer. Beaucoup se montrèrent devant le carré de terre, malgré l'hostilité des gens d'Église. Il y avait là quelques gueux emmaillotés de rebuts d'étoffes et que Brunette avait souvent soulagés, deux ou trois silhouettes graves au capuchon baissé sur le visage, la Fanchon, qui suivait en claudiquant tous les cortèges funéraires. La route fut longue jusqu'à la tombe, ouverte près de la grange de Bessas. On avait refusé à Brunette le droit d'être enterrée dans les murs de la ville. C'était près d'une bâtisse élevée à la hâte pour mettre en quarantaine les gens malades de la peste, une chabotte, que Giroflée avait creusé le dernier abri de sa maîtresse. À la saison, elle y planta fleurs et plantes, en hommage à la guérisseuse. Puis elle prit l'habitude de venir la saluer, lui racontant ses faits et gestes et sa douleur de ne plus la voir.

Les autres femmes se réveillent. La Ribaude frotte ses membres engourdis. Nicoline observe ses chevilles enflées. Clémence ne dit rien. Isabeau n'a pas bougé.

— D'où vient que l'on ne soit pas venu nous quérir ce matin ? Es-tu au courant de leurs habitudes, toi qui es là depuis plus longtemps ? À quoi faut-il s'attendre maintenant ?

— Je ne sais pas, Ribaude, répond Giroflée, je sais juste que s'il n'est pas venu à l'aube, il ne vient pas de la journée.

— Aurons-nous de la pitance ?

— Il faut bien nous garder vives pour nous interroger…

Clémence frissonne et sa voix se perd dans l'angoisse.

La Ribaude se tourne alors vers Giroflée :

— Jehanne, parle-nous de tes merveilles, raconte-nous quelques-unes de tes rencontres, le temps sera moins chagrineur ! Je vous parlerai aussi des miennes ! Il y aura bien du plaisir à évoquer certains clients de mon petit commerce !

Giroflée rentre en elle-même et cherche quelques anecdotes susceptibles d'apporter un dérivatif.

— Peut-être pourrais-je vous parler d'une fille, qui vivait bien aise dans le quartier de la Jatterie et qui vint un jour me consulter, cachée sous une cape qui lui couvrait le visage, entre chiens et loups…

Giroflée, à la demande de sa maîtresse, demeurait définitivement dans la maison de la place Mauconseil. Une de ses sœurs occupait désormais le taudis de la rue Chartroussas que la guérisseuse avait arrangé bellement grâce aux écus de sa prospérité.

Elle fabriquait un onguent. Sous le pilon, des graines noirâtres explosaient et s'agrégeaient en une pâte sombre au parfum puissant. Le jour déclinait et une ombre qui s'encadrait dans la porte acheva de lui masquer la lumière. Elle leva les yeux vers la silhouette qui restait à l'entrée et dont elle ne percevait qu'une mèche de cheveux. Le reste disparaissait sous une masse de tissu vert olive. Il y eut un court silence avant que Giroflée ne demandât :

« Qui es-tu ? Tu as besoin de quelque chose ? »

La forme hésita encore avant de répondre d'une voix sourde :

« Je suis en peine… Et je voudrais que tu m'aides. Mais, par tout le ciel, ne dis pas que tu m'as vue ! C'est une cousine à toi qui m'envoie, une fille Rey de la tour de Corneroche.

— Parle. Je suis là pour soigner, pas pour jacasser inconsidérément.

— Je me marie demain… Avec le fils d'un hôtelier… Mais je craignais qu'il ne me trouve pas assez coquette ou folâtre… Alors, pour lui plaire… Et pour accepter que… enfin, tu comprends… Ce qu'un homme et une femme doivent accomplir lorsqu'ils sont mariés… »

Giroflée attendait patiemment. D'un geste, elle l'avait fait asseoir. La future mariée avait rejeté sa cape en arrière de sa coiffure. Son beau visage semblait anxieux et ses mains torturaient discrètement une bague verte autour d'un annulaire.

« Ce sont là choses naturelles, et il ne doit pas te venir de dégoût… Cet homme est-il brutal ?

— Non, mais ces choses dont tu parles ne m'intéressent pas. Je voulais être nonne, mon père ne le veut pas. Aussi, sur les conseils d'une de mes servantes… J'ai mis du poivre… dans mon… Elle me disait qu'une poule qui avale du poivre ne songe plus qu'à son coq…

— Qui avale avec sa bouche, non qui se frotte le connil ! Si je comprends bien, tu souffres mille brûlures et tu voudrais un soulagement ? »

Et Giroflée dispensa ses conseils et ses onguents à la malheureuse. Le mariage eut lieu. Quelques mois plus tard, elle fut même appelée au chevet de la femme quand elle accoucha de son premier enfant. Elle ne sembla pas la reconnaître. Et Giroflée ne fit aucune allusion.

— Je n'en vois qu'une assez bigote pour ne pas aimer les caresses d'un galant homme, rajoute la Ribaude, c'est la Julienne Genébrier… Et d'ailleurs, son mari est souvent venu dans mon petit logis se consoler. Sa grande femme ne lui accordait pas souvent de plaisir ! Heureusement pour mon commerce ! J'en connais bien des fiérotes allant à toutes les messes, aux toilettes bien ajustées et aux coiffes bien empesées, dont les maris crient de plaisir si fort que je ferme portes et fenêtre à cause du voisinage…

— Raconte, Ribaude, murmure Jeanneton, tandis qu'un pâle sourire fend sa mignonne trogne de souris.

— Eh bien, Peyre Bonnefoy, l'époux de la Julienne, est plutôt mignard ! Il a le poil bien dru et bien noir, un visage rose et le corps vigoureux ! Il est venu si souvent que je pourrais vous le détailler par le menu… Et ses mains ! Elles savent parler mieux que sa bouche ! La première fois qu'il frappa à ma porte, je m'en rappelle très bien. Il faisait le brave, mais j'ai senti qu'il avait besoin d'encouragements ! Il m'a donné une poignée de sols, sans rien dire. On s'est mis plus à l'aise sur mon grand lit et il a rattrapé en une heure ce que deux ans avec sa femme ne lui avaient pas donné. Pauvre Peyre qui doit m'attendre impatiemment avec son petit membre si chaud ! Dieu sait quand sa Ribaude pourra encore le chevaucher…

À nouveau passe un vent d'angoisse entre les femmes. Alors, Giroflée se lance, pour ne pas laisser le silence glacer leur langue et leur cœur :

— J'étais au moment de grands froids, près du château de Géorand, au village de Clastre. Il avait tant neigé que je ne pus traverser le plateau comme je l'avais décidé. Je dus rester plus longtemps dans la maison amie qui me recueillait. C'était une rebouteuse qui soignait les hommes et les animaux. La femme était, je m'en souviens, sèche et ridée comme une vieille pomme, toujours vêtue de la même cotte de laine grise dont l'amigaut[6] était fermé par un lacet de cuir. La mémoire qu'il m'en vient est si vive que je crois l'entendre et surtout la sentir... À force de vivre avec les bêtes, elle portait sur elle un fumet très particulier ! Je la revois encore au chevet d'une vache malade, sans doute un sort jeté, disait-elle, puisque la bête refusait de se nourrir et tournait sur elle-même comme une possédée. Elle avait une baguette de noisetier qu'elle promena sur le corps de l'animal en prononçant je ne sais quelles paroles à voix très basse. Le lendemain, la vache était morte et mon amie fut battue par les paysans avec une telle force qu'elle en garda un bras tordu. Brunette m'avait mise en garde devant de telles colères pour qui ne sait pas rester humble. Nos remèdes ne sont rien si la volonté du Seigneur est plus forte. Et puis, il existe tant de forces que nous ne maîtrisons pas...

— Raconte-nous, Giroflée, tes malencontres, reprend Clémence. Les femmes comme toi n'ont-elles pas le pouvoir d'arrêter les sortilèges et de les renvoyer à ceux qui les fabriquent ?

— Je ne connais rien à ces pratiques. Je ne sais qui envoie tous ces maux autour de moi. Est-ce Notre Seigneur qui nous éprouve ou le Malin qui exerce sa noire

---

[6] Fente pratiquée sur le devant d'un vêtement en partant de l'encolure pour permettre le passage de la tête.

puissance ? Je ne guéris pas toutes les langueurs, toutes les faiblesses, sinon, ceux de là-haut auraient raison d'imaginer que je suis une chevaucheuse de balai du pays de Magonie. J'aurais gardé Brunette vive et grosse autour de moi, et les années ne lui auraient pas rongé cruellement les membres, si je savais ces choses-là. On m'a appelée une fois rue Messire Jordan, près de la chapelle Saint-Pierre. Dans la grande demeure du drapier Marty. Son vieux père toussait du sang depuis des mois. Il était blanc et si maigre que les os lui trouaient les vêtements. Assis près de la cheminée, il se réchauffait tant bien que mal du froid de la mort qui arrivait à grands pas. Je n'ai rien pu faire. Cette maladie est cruelle et n'épargne personne. J'en ai vu mourir plus d'un, comme s'ils étaient consumés de l'intérieur : une fillette de la rue de l'Arc-du-Sahuc, une jeune accouchée de la place aux Herbes, Martin, le loueur de la rue des Granges et tant d'autres… Et bien souvent, ce mal terrible en frappe plusieurs de la même famille. Comme un feu se propage de bûche en bûche. On m'appelait devant des corps qui étaient tous dans le même état : brûlés de fièvre, sans force et crachant le sang. Jamais je n'ai pu empêcher les forces maléfiques de les tirer vers la mort. J'ai compris moi aussi qu'il y avait tant de choses que je ne savais pas, malgré l'enseignement de Brunette, que je n'ai jamais voulu me livrer à ces pratiques. Peut-être est-ce Dame Nature qui jette les plus grands sorts…

Thomas Faure entrouvre la porte et jette plus qu'il ne pose un plat de terre dans lequel ballotte un liquide. Sans les regarder, il referme brusquement derrière lui le battant de bois épais.

La Ribaude s'approche et plonge son doigt dans le récipient.

— Je ne sais quelle cuisinière fabrique leurs brouets, mais de celui-ci, je ne pourrais même pas dire s'il contient du navet, un chat crevé ou de la luzerne. Mais venez ! Il nous faut manger ou boire sinon, nous allons perdre nos forces.

La nuit s'installe progressivement dans la pièce. Les femmes lapent le liquide à même le plat. Seule Isabeau reste appuyée au mur. Elle s'est mise à crier dès que sa sœur a voulu l'entraîner. Elle ne mangera pas. Le regard fixe, elle se balance doucement comme pour se bercer. Ses mains serrent ses jambes si fort que ses doigts blanchissent.

L'angoisse de la nuit se répand au milieu d'elles, estompant les récits et les bavardages. Ce jour s'achève sans torture. Demain sera là trop tôt.

# Une brillante réputation
# – 5 août 1489

« Te voilà à nouveau devant nous, pécheresse, pour d'ultimes questions. Veux-tu sauver ton âme ou as-tu décidé de mourir en l'abandonnant au Malin et aux flammes de l'enfer ? Sais-tu bien que tes tourments seront éternels si tu ne te repens ? »

Giroflée a été arrachée très tôt au cachot. Quelques murmures de compassion fusent de ses éphémères compagnes d'infortune. Ses habits sont raidis par le sang. Elle titube, les membres douloureux. Ses plaies la torturent lorsqu'elle marche pour rejoindre la salle du haut. Thomas Faure la jette gémissante au pied de la même silhouette assise devant les hautes fenêtres. Quelques moines sont assis çà et là sur des bancs. Ils la regardent en silence. Leurs visages de granit ne trahissent aucune espèce de pitié.

Le prélat est à nouveau sur son fauteuil grenat. Il est à contre-jour, mais elle entend sa voix qui scande, comme un couteau sur le billot, des paroles dures.

Que répondre à nouveau pour ne pas se perdre trop vite ?

— Seigneur, j'ai toujours mené mon existence dans le respect des lois de l'Église et de celles de Notre Seigneur Jésus-Christ. J'ai soigné les pauvres que la Providence plaçait sur mon chemin, j'ai respecté le carême, j'ai soulagé bien des gens de leur souffrance et si je n'ai pas pu le faire pour tous, c'est que je n'ai pas d'autres pouvoirs que celui des plantes. J'ai des gestes et des remèdes appris auprès de Brunette Gauthier. Qu'y a-t-il en cela de répréhensible ?

— Ce n'est pas à toi de me poser des questions. Femme insigne, dis-moi seulement si tu as transmis tes sinistres pratiques à d'autres. On dit qu'à ton tour, tu formas une apprentie. Ne mens point, car nous avons ici de quoi te confondre.

— Oui, Seigneur. On l'appelle la Monge, mais elle a nom, Marguerite Nouvel.

— Quand l'as-tu entraînée dans ton négoce diabolique ?

— Je lui ai juste appris les noms et les propriétés des plantes, et l'art de les accommoder ou de les ramasser.

— Turpitudes ! Je ne te demande pas de commentaires. Je veux des faits et non ce que tu en penses.

— C'était il y a plusieurs années…

Giroflée revoit encore Marguerite enfant, accompagnée de sa mère venue chercher une potion. En sautillant sur ses jambes courtaudes, elle avait parcouru la pièce. Elle avait contemplé les flacons alignés, les boîtes et les vases avec ravissement. Ses petits doigts dodus se tendaient vers les verres colorés de liquides divers. La guérisseuse l'avait prise par la main et lui avait expliqué quelques-unes de ses recettes. La fillette revint souvent dans ce qui fut vite pour elle un havre de paix et de douceur au milieu des corvées.

À douze ans environ, elle supplia Giroflée de l'initier à ses secrets. Elle devint une apprentie attentive. Elle avait gardé une gaucherie enfantine et ne comprenait pas toujours très vite toutes les recommandations. Mais une inépuisable bonne volonté l'habitait.

Elle fixait sa maîtresse avec des yeux verts qui éclairaient ses bonnes joues comme deux petites feuilles de cresson. Ses cheveux roux formaient autour de sa trogne ronde une auréole frisée. Sa peau était criblée de taches de son et ses cils de rouquine habillaient son regard d'une touche étrangement dorée.

« Giroflée, en votre absence, il est venu une fille toute petite par la taille qui craignait d'être engrossée.

— Germaine Arnaud, la fille du maître charpentier ?

— Elle n'a pas dit son nom. Elle reviendra à l'heure des vêpres. Mais elle était si petiote que je l'ai prise pour une enfant… »

Quelques heures après, une minuscule silhouette à la voix forte entra vivement dans la maison de la place Mauconseil. La porte restait ouverte, en cette saison, mais une cotonnade légère en cachait l'intérieur à la vue des passants.

Le temps d'acclimater ses yeux à la pénombre, la forme s'approcha avec hardiesse de Giroflée et l'apostropha :

« Cette rouquine à face de goret m'a prise pour une pucelle… Apprends-lui que je ne suis petite que par la taille et que mon mal est celui d'une femme. Je n'ai pas vu mon sang depuis trois mois. Si mon père apprend ce qui m'arrive, il me battra et m'enverra comme ma sœur dans un couvent de montagne… Femme Rey, je ne veux pas être engrossée. On m'a dit que tu avais des charmes puissants pour lutter contre la Nature…

— Non pas des charmes, mais des plantes si fortes qu'elles peuvent souvent ramener les menstrues. Mais tu viens tard chez moi et je crains que l'enfant soit déjà bien en place.

— Je ferai ce que tu me diras. J'ai quelques livres d'argent qui pourraient bien finir dans ton escarcelle, même si ton apprentie n'a pas plus de jugement qu'une chèvre !

— Doucement... Son œil n'est pas encore exercé, mais elle est tendre dans ses gestes et son cœur ne demande qu'à apprendre. Tu prendras une décoction de cette plante-là. Pendant trois jours, matin et soir. Tu t'appliqueras aussi cette tige de rue verte contuse entre tes jambes, et tu la serreras fortement avec un linge. Reviens me voir au terme du traitement sans tarder. Tu auras mal au ventre, sans doute... N'hésite pas à revenir plus tôt si tu voyais un flot trop grand de sang. Mais il se peut qu'il ne se passe rien, car, comme je te l'ai dit, si tu n'as pas vu tes menstrues de trois fois, c'est que l'enfant a déjà pris sa place. »

Et la fille revint trois jours après, pliée par la souffrance. Giroflée et la Monge l'assistèrent pendant toute une journée. Couchée sur le lit de la guérisseuse, ravagée par des pertes sanglantes que les deux femmes épongeaient en murmurant des paroles apaisantes. Blanche et froide, elle rentra en tremblant chez elle dans la soirée. Elle se maria quelques mois plus tard avec un apprenti de son père.

— La fille est là. Elle a déjà témoigné devant nous hier. Mais nous voulons que ce qu'elle nous a dit soit entendu par toi. Tu nous as parlé de plantes, mais elle nous a parlé de pratiques ignobles que tu aurais exercées avec l'aide du Malin...

— Frère Pancrace, car c'est ainsi que j'ai entendu qu'on vous nommait, Seigneur, si elle a parlé librement de ce qu'elle a vu ou appris avec moi, elle ne peut pas avoir dit que…

— Prétendrais-tu que nous mentons ? Sais-tu bien à qui tu t'adresses ?

La voix du prélat enfle, tandis que Thomas Rey emmène l'apprentie dans la salle.

On l'attache par les poignets à une corde qui servira à la suspendre devant le prieur. Son auréole rousse a perdu son éclat et ses yeux verts fixent avec épouvante l'assemblée des hommes d'Église. Sa cotte déchirée laisse voir des marbrures violettes sur les bras.

— Pardon, Maîtresse, murmure-t-elle.

Et sa pauvre voix vibre de terreur.

— Silence, fille perdue, il est vain de revenir sur tes aveux. Tu as servi l'Église en permettant que la vérité éclate. Il n'y a pas de pardon à demander à cette femme que le Malin a utilisée pour nous combattre. Mais nous avons ensemble quelques points à examiner. De ta sincérité dépendra ta survie, car tes mensonges ne seront qu'une preuve supplémentaire que votre collaboration a fait de toi aussi une sorcière. Ainsi, nous allons redire ce que tu nous as confié hier, et ta maîtresse confirmera. Mais auparavant, nous devons appeler sur nous le souffle de Notre Seigneur Jésus-Christ afin qu'il guide cette sainte assemblée dans sa guerre contre Satan.

À ces mots, le prieur se lève dans un murmure de soie. Les autres frères en font autant. Jailli d'un recoin de la salle, Thomas Faure empoigne Giroflée pour la faire tenir debout.

Frère Pancrace se signe et entame d'une voix énergique :

— Pater Noster…

Giroflée regarde la Monge. Elle sait par quels chemins de terreur cette dernière a dû passer. Elle sait aussi le poids de ses aveux. De quoi a-t-elle pu donc parler ? De ses voyages vers le mont Mézenc et des poudres précieuses dont elle gardait toujours quelques onces ? Des épopées imaginaires au-dessus du grand fleuve, lorsqu'assise sur son lit, elle renouait avec des joies enfantines par la grâce des champignons magiques ? Ou plus précisément de ses incursions au bois de Laud avec Guillemette ?

— Sanctificetur…

Guillemette Alaric était passée quelques mois auparavant place Mauconseil. La fille était gracieuse dans ses gestes et ses manières. Giroflée savait qu'elle exerçait comme rebouteuse près de la porte Villette. Elle l'avait aussitôt reçue et installée près de la cheminée. Les deux femmes avaient peu l'occasion d'échanger leurs pratiques, mais elles s'étaient tacitement partagé leurs champs d'action. La réputation de Giroflée n'était plus à faire comme accoucheuse et guérisseuse, mais Guillemette savait rétablir une entorse avec beaucoup d'habileté. Aussitôt assise, elle arrangea avec soin sa cotte de velours bleu autour d'elle en lissant d'invisibles plis ; enfin, elle fixa ses grands yeux noirs sur sa comparse. Un cercle de bistre les cernait et donnait à son regard une vive intensité. Elle déploya ses grandes mains vigoureuses et commença :

« Ma sœur… Voilà une visite que je voulais te faire depuis longtemps. Mais, il en est des projets comme du vent ! Ils passent, se faufilent sous les portes et disparaissent on ne sait où ! Enfin, puisque nous sommes enfin face à face, j'aimerais d'abord te dire à quel point j'admire tes pouvoirs. Récemment encore, Martine Chenonsac…

— Ne parlons pas de mes pouvoirs, car seule je n'en ai guère. Disons surtout que je connais quelques secrets des plantes, quelques bons tours de main et que Dame Nature est généreuse.

— Ne sois pas si lésineuse pour parler de toi ! Ta réputation dépasse notre ville. Tu vas chez bien des seigneurs d'ici et d'alentours. Certains ne jurent plus que par toi et je te sais gré d'autant de m'envoyer de la pratique. Aussi, venons-en à ce qui m'occupe aujourd'hui. Nous sommes quelques-unes à nous réunir parfois pour échanger nos savoirs. Nous apportons quelques nourritures et boissons, nous devisons et palabrons ensuite longuement. Nous aimerions que tu te joignes à nous.

— Qui sont ces quelques-unes ? Les jours passent si vite que je ne connais même plus mes semblables.

— Il y a moi, bien sûr, la Renaude de la rue Corneroche, qui a commerce de philtres d'amour, la Louison, mon apprentie à la langue bien pendue, trois filles de Livron dont l'une est accoucheuse, tout comme toi, Aliette, la fille de l'ancienne sage-femme de la Maladrerie et beaucoup d'autres encore. Parfois, nous convions le vieux rebouteux qui vit presque en ermite au hameau de Mélas, et un jouvenceau qui soigne les mélancoliques vers le couvent des Cordeliers.

— Et comment s'y prend-il ? répondit vivement Giroflée. Par des mignardises, ou a-t-il quelques potions réjouissantes ?

— Il nous semble à la venvole[7] ! Mais son sourire est gentil et ses manières agréables. Ses dents sont si blanches qu'on le regarde avec plaisir. Son visage est déjà un excellent remède à la tristesse ! Nombreuses sont celles qui se soignent chez lui de leurs humeurs chagrines. On dit qu'il fait merveille avec ses mains ! Viendras-tu, Giroflée ? Nous n'attendons que ta présence pour former une digne assemblée de guérisseurs.

— Je n'aime point trop les grandes assemblées, ni les immodestes qui prétendent à des commerces extravagants.

— Il n'en est rien. Ce n'est qu'un agréable compagnonnage, des discussions sur nos pratiques et des repas fort gais que nous agrémentons parfois d'hydromel.

— Point de ces confréries étranges qui prétendent tenir du Malin des pouvoirs extraordinaires ? Il est si facile de faire de nous des chevaucheuses de balais, des proscrites, qu'il nous faut grande prudence si nous nous rassemblons…

— Ne t'inquiète pas. Tu me connais pour être une femme simple, et même si la Renaude parle haut et fort, c'est une bonne artisane. Et elle connaît des épices nouvelles, venues de pays très lointains. Un sien cousin arbalétrier lui en a procuré. Elle doit nous en expliquer les vertus. Imagine les connaissances nouvelles que tu y trouveras ! »

Et Giroflée partit un soir de mai vers le bois de Laud qui couvre en partie la colline de Narbonne, après les jardins de la porte Buriane. Une étendue broussailleuse, parsemée de

---

[7] Peu sérieux, désinvolte.

hêtres et de chênes verts, dans laquelle paissaient quelques cochons domestiques redevenus sauvages. Avec ses cheveux retenus en tresses lisses par des rubans écrus, sa cotte de filoselle[8] brune, plus que jamais elle voulait donner d'elle une image sage, loin de ces femmes mal famées qui débitaient leurs sornettes aux crédules de toutes sortes, en les apostrophant du seuil de leur masure. Des chausses de cuir grenat accompagnaient souplement son pas ferme. À son bras et dans un panier, elle emportait un grand pain noir qui servirait d'assiette, en larges tranches épaisses, un flacon de verjus et un pâté de lièvre.

Des voix animées la guidèrent à travers les buissons et les hêtres. Dans un espace herbeux, à l'abri du vent, l'assemblée devisait avec force rires et exclamations de plaisir devant les victuailles déballées. Guillemette courut l'accueillir et on s'empressa autour d'elle. Giroflée ressentit un plaisir ancien que la mort de Brunette avait interrompu. Celui de retrouver des visages amicaux, celui de rencontrer ses pairs et de pouvoir échanger avec eux.

Le jouvenceau était assis à l'écart de cette coterie si féminine, mais bientôt, il entra dans le cercle pour partager des nourritures sorties de linges noués, des flacons circulèrent remplis de vins de Provence. Tandis que les ombres s'allongeaient sur la ville, les rires montaient en puissance.

La Louison dansa en remontant sa cotte sur ses genoux cagneux et raboteux.

« Eh ! Louison, c'est à la messe qu'à force de

---

[8] Soie irrégulière obtenue à partir de la bourre des cocons de soie.

t'agenouiller tu as usé ta peau ?

— Si j'étais toi, galline, je parlerais moins de mes genoux, de crainte que je ne parle de la corne qui pare ton petit connil à force de le frotter à maître Pierre, le verrier ! »

Des hoquets et des hurlements de rire lui répondirent.

Aliette s'approcha d'elle avec timidité.

« Giroflée, te souviens-tu lorsque tu vins quérir l'herbe des Anges pour ta mère en mal d'enfant ? C'est moi qui te l'ai donnée.

— Oui, mais elle fut inutile puisqu'elle mourut dans les jours qui suivirent. Peut-être sont-ce là des choses écrites depuis fort longtemps et pour lesquelles nous ne pouvons guère. Et ta mère ? Sais-tu que c'est en la voyant que je décidai de devenir guérisseuse ? J'admirais tant ses pratiques et son savoir que je me mis sur-le-champ ou presque à ramasser des plantes et à les étudier. Le chemin a été long jusqu'à ce jour…

— Tu es notre maîtresse à tous et nous attendons beaucoup de ces rencontres pour que tu nous éclaires.

— Nous échangerons, comme lorsque j'apprenais avec Brunette. Peut-être pourras-tu aussi me dire comment tu as fait pour cet accouchement dont on parle encore, celui des jumelles de la rue Arc-du-Pin… J'étais alors à Géorand. Quand je rentrai en ville, on ne parlait que de cette délivrance que tu avais menée rondement. »

Aliette s'anima au souvenir de l'exploit et les autres s'approchèrent pour écouter.

« La femme était en douleur depuis la veille au soir. Elle était grosse pour la première fois. Je revois encore la masure qu'elle occupait avec son journalier de mari. Au fond d'un tas de hardes, elle hurlait quand une voisine me supplia de l'aider. Je n'avais pas encore beaucoup pratiqué. Son ventre était énorme. La première nourrissonne sortit en jaillissant comme l'eau d'une outre en furie ! Alors que nous commencions à respirer et louer le Seigneur d'une naissance aussi facile, voilà la femme reprise par ses douleurs qui se remet à crier. Je sens en le tâtant que son ventre et ses entrailles veulent encore expulser ; j'appuie, croyant voir apparaître le sac de l'enfant... et une autre tête surgit, que je tirai doucement vers moi. Deux marmotines rouges et minuscules. La femme épuisée se lamentait de sa bonne fortune, disant qu'ils n'auraient pas de quoi les nourrir... Mais une cousine se proposa pour les aider. Elle avait accouché aussi et avait force lait. Les fillettes ont vécu de longues années, faisant l'admiration, par leur similitude, de ceux qui les croisaient. Elles sont mortes jouvencelles d'une fièvre maligne, le même jour.

— Ce ne sont pas là choses naturelles que ces doublons ! affirma en riant la Louison que le vin de Provence avait rendu joyeuse et péremptoire.

— Et pourtant, rajouta l'une des accoucheuses de Livron, au visage fin comme une belette, nous en voyons de temps à autre. Mais il y en a peu qui survivent, car ces bessons n'atteignent pas le terme, comme s'ils étaient pressés de sortir. Ils sont souvent petits et entortillés l'un à l'autre. Parfois, j'ai pu sauver l'un d'entre eux, comme le Bastien Fraysse qui est devenu beau garçon. Mais les femmes ne supportent pas souvent cette épreuve, comme si Dame Nature se vengeait de leur avoir trop donné en une seule fois. On dit que ces doublons ressentent pareillement et que si l'un se meurt d'amour, l'autre aussi en pleure tout bellement.

— Même s'il est heureux dans son cœur ?

— Oui, rapporta Guillemette. J'ai connu deux bessons jouvenceaux. Si ma mémoire est bonne, l'un fréquentait une des filles Audibert, celle dont les yeux ne regardaient pas au même endroit. L'autre avait été promis à la fille de Gillain, le meunier. La loucheuse se fit enlever par un potier de La Bégude, tout à fait mignard, qui l'engrossa. Le besson abandonné pleura toutes les larmes de son corps pendant des mois, tandis que l'autre, près de sa meunière gironde, reniflait du désespoir de son frère. On dit même que la Gillain, de dépit de le voir si abattu, le fouetta avec une chainse[9] humide qu'elle avait suspendue pour la faire sécher. »

On rit, on raconta encore beaucoup d'histoires. On se promit de revenir vite. Puis Giroflée et les autres redescendirent dans la ville endormie par un sentier pentu qui contournait le château de Narbonne. Ils passèrent dans l'ombre formidable que la bâtisse composait avec la lune. Ils empruntèrent des escaliers où leurs chausses claquaient joyeusement et ils se séparèrent à regret, se promettant bruyamment de se revoir.

Giroflée retrouva sa maison de la Place Mauconseil, tandis que la Monge, endormie, ronflait allègrement.

— … Nomen tuum. Adveniat regnum tuum, at voluntas tua, sicut in caelo et in terra. Panem nostrum quotidianum da nobis hodie et dimitte nobis debita nostra sicut et nos

---

[9] Tunique que l'on portait en guise de sous-vêtement.

dimittimus debitoribus nostris et ne nos inducas in tentatione sed libera nos a malo. Amen.[10]

— Amen, répètent les moines qui se rassoient dans un bruissement d'étoffes.

La Monge est suspendue dans un grand hurlement. Ses pieds nus battent désespérément le vide tandis qu'une douleur effroyable lui serre les épaules, le cou et les bras. Giroflée gémit devant la souffrance de l'apprentie.

— Fille Nouvel, entame le frère Pancrace, reconnais-tu devant ta maîtresse ici présente, Jehanne Rey, dite Giroflée, avoir appris de ladite femme moultes pratiques mal famées ?

— J'ai mal…

— Tu ne voudrais pas, sans doute, rester ainsi plus longtemps qu'il ne faut ? reprend le prélat dont la voix tente quelques inflexions plus doucereuses.

— Non… Seigneur, hoquette la malheureuse, dont les mains ont bleui, enserrées par les cordes qui mordent férocement ses poignets rebondis.

— Alors, je te repose la question qui nous importe, les frères et moi : as-tu appris de cette femme des pratiques diaboliques ? Il est crucial de savoir si cette engeance a fait de toi une créature perdue ou si tu en as été la victime. De ce que tu nous apprendras dépendra le sort que nous te réservons. Dieu est miséricordieux avec ses brebis égarées mais innocentes. Nous connaissons la fourberie de cette femme, nous savons combien sa langue est habile à ciseler des discours mensongers. Sans doute t'auront-ils abusée

---

[10] Phrases finales du « Pater Noster », version latine du « Notre Père », prière chrétienne.

comme ils ont abusé bien d'autres. Sauve-toi des flammes de l'enfer ! Tu ne peux plus rien pour elle. Elle a suffisamment dit ou fait pour être au-delà de toute miséricorde. Mais toi, tu peux encore redevenir une femme pieuse, et les gens d'Église, comme moi et les frères, savent s'accommoder d'une pénitente de ton espèce. Tu dis que tu as mal, et ton visage grimace de souffrance. Mais dis-toi bien que ce que tu éprouves n'est rien au regard de ce qui t'attend si tu t'obstines à nier l'évidence. Regarde cette femme qui fut ta maîtresse. Elle est aujourd'hui promise aux flammes de l'enfer. Mais avant cela, elle goûtera aux flammes terrestres pour purifier l'air de cette ville qu'elle a souillé, avec ses comparses. Alors – et la voix du frère Pancrace enfle sous la menace –, je t'ordonne de répondre à mes questions. Nous allons provisoirement te faire descendre, afin que tes pieds touchent à nouveau le sol. Ainsi, redeviendras-tu sage et honnête en nous confessant vos secrets les plus vils. N'aie crainte de décharger ta conscience, cette sainte confrérie est habile à entendre les crimes, et qui sait, obtiendras-tu notre absolution.

Ainsi fut fait. Thomas Faure la délia. Elle s'écroula aux pieds du prélat, devant les mules de soie noire. Giroflée est poussée dans l'ombre sans ménagement.

— Marguerite Nouvel, quand as-tu commencé ton service chez cette femme ?

— Il y a dix ans, ou presque. J'étais à peine jouvencelle.

La voix s'étouffe. La Monge parle la tête baissée. Ses yeux couleur de feuille se perdent dans les replis de sa cotte salie.

L'homme remplit son cœur d'une terreur sans nom.

— Quelle faiblesse d'âme t'a fait choisir un tel apprentissage ?

— Je ne sais pas, Seigneur.

— Tu ne sais pas, ou tu ne veux pas répondre ?

— Je ne comprends pas ce que vous voulez que je dise…

— Stupide volaille ! (Et sous l'exclamation irritée du frère, la Monge courbe encore ses épaules) Je ne veux rien te faire dire. Je veux juste que tu me répondes comme une bonne chrétienne. Pourquoi as-tu choisi d'apprendre les pratiques d'une engeance du diable ? Pourquoi n'es-tu pas allée apprendre la broderie ou le travail de lavandière ?

— J'aime Giroflée parce qu'elle fut douce avec moi.

— Ne savais-tu pas que ces femmes attirent ainsi les malheureuses dans ton genre ?

— Je l'ignorais… Et puis, sa maison était propre et accueillante… Il y avait un bon feu l'hiver. On mangeait généreusement…

La Monge peine à former ses phrases. Elle se tourne vers sa maîtresse dont elle aperçoit la silhouette prostrée contre un des murs.

— Beaucoup nous remerciaient et j'apprenais à guérir… C'est bien de soigner… Il me plaisait de toucher aux flacons et aux crèmes que nous fabriquions ensemble. Jamais Giroflée ne me brusqua. Elle fut toujours patiente avec moi…

C'était un hiver très froid. Le vent rabattait les arbres dénudés sur un ciel d'un bleu violent. La lumière glacée et la bise desséchaient les hommes et les bêtes. Giroflée et la Monge soignaient quotidiennement de terribles engelures, des crevasses purulentes qui perçaient les chairs épuisées par le gel. L'apprentie partit un jour pour Mélas. On avait promis aux deux femmes un saindoux qui ferait merveille dans les onguents. Avec un grand pot de grès marron, la Monge quitta le logis, les cheveux emprisonnés dans un fichu de laine, une cape solide sur une cotte des plus épaisses. Le fleuve pris dans la glace serait facile à traverser sans se mouiller. Elle partit, fière de sa mission. Comme elle ne revenait pas à la nuit tombée, Giroflée partit à sa rencontre pour la trouver pleurante sur le parcours, sans pot d'aucune sorte et boitant fort méchamment. Elle avait glissé sur la glace, avait répandu le saindoux sur le fleuve figé, avait croisé de fort vilaines gens qui s'étaient moqués d'elle et lui avaient pincé les joues. La guérisseuse lui parla doucement, la soutint jusqu'à la place Mauconseil et la soigna sans un mot de reproche.

— Que sais-tu donc faire aujourd'hui ? As-tu fabriqué des philtres qui rendent amoureux ?

— Non des philtres, mais des pâtes sombres qu'il fallait appliquer… Mon Dieu, Maîtresse, me faut-il le dire ?

— Parle, maudite. Tu n'as pas de conseils à chercher vers cette disciple du Malin.

— … Qu'il fallait appliquer sur les parties…

— Oserais-tu exposer tes pratiques les plus sales ? (La voix du prélat enfle d'indignation) Ne nous dis rien de vos manigances de femelles lubriques. Tu ne sais donc pas qu'il n'y a ici que des hommes d'Église qui composent cette assemblée ? Par notre Seigneur Jésus-Christ, cette fille est aussi perdue que sa maîtresse…

Un silence suit cette explosion de colère. Un moine âgé,

à la tonsure blanche, demande :

— As-tu accompli des gestes magiques destinés à rendre les animaux malades ?

La Monge ne sait plus ce qu'elle doit dire ou taire. Une angoisse comme elle n'en a jamais connu lui enserre la gorge et l'empêche de respirer.

— Parle, reprend le vieil homme d'une voix forte.

— Nous avons toujours tenté de guérir les gens et les bêtes. Nous n'avons jamais voulu les rendre malades. Et si parfois, les uns et les autres mouraient, nous en étions désolées.

— Car il en mourait ? Tu l'avoues donc ? demande le frère Pancrace.

— Oui. Mais pas par notre volonté...

Le révérend fait un signe. Le jeune moine préposé aux actes et écritures surgit de l'assemblée. Il tient à la main des feuillets noircis d'une longue et fine écriture. Dans le silence, il lit :

*« En ce vingt-huit juillet de l'an mil quatre cent quatre-vingt-neuf, jour de commémoration du martyre de saint Eustache, nous avons entendu et consigné le témoignage du très pieux Peyre Cardénal, muletier près du four de la chapelle Saint-Pierre... »*

— Cet homme, interrompt le frère Pancrace, verse chaque année une obole de quinze florins d'argent à l'Église. Sa femme, Isabelle, donne de son temps pour l'entretien des vêtements ecclésiastiques. C'est dire l'importance que nous devons accorder à ce qui va suivre. Continuez, Frère Abel...

*« Peyre Cardénal est venu spontanément nous confier que*

*Giroflée et son apprentie firent mourir six de ses mules pour être passées à côté, le soir de la Saint-Joseph. Le sieur muletier se signa pourtant lorsqu'il les vit, mais les engeances le saluèrent avec malice, il croit même les avoir vues rire et se moquer de son geste de bon croyant. Dans les jours qui suivirent, ses bêtes furent prises de coliques et moururent en souffrant moultement... »*

Giroflée et la Monge marchaient d'un bon pas, entre les flaques et les immondices qui recouvraient la rue Saint-Gaucher. Il avait plu violemment la nuit précédente et le crottin des mules de messire Cardénal avait rendu les pavés glissants. Elles avaient relevé leur cotte pour ne pas les salir et Giroflée riait d'une remarque de l'apprentie.

« Maîtresse, Basile Biscarrat de la porte Buriane a passé ses mains sous ma cotte si vite que je n'ai pas eu le temps de l'en empêcher ! Il disait que j'avais mis une pièce de tissu pour faire accroître ma poitrine et qu'il devait vérifier la supercherie ! Je n'utilise aucune ruse de la sorte, lui ai-je dit, mais il m'a dit qu'il devait encore regarder, alors…

— Alors, tu l'as laissé faire ? demanda Giroflée en joie.

— Mais il n'avait point de malice et ses mains n'ont pas insisté.

— Et s'il a besoin de s'assurer encore ?

— Pourquoi le ferait-il puisqu'il a pris la bonne mesure ? »

Le rire de Giroflée surprit l'apprentie, mais il était si contagieux qu'elle y joignit le sien.

Depuis son coin d'ombre, Giroflée comprend que rien ne peut plus convaincre les hommes qu'elle a devant elle. Sa vie n'est qu'une somme de preuves de sa perdition. Elle ferme un instant ses paupières sur le frère Abel qui continue le récit de ses turpitudes devant la Monge, de plus en plus ahurie par le malheur.

Le soir et la chaleur écrasante, même dans ces pièces habituellement fraîches, interrompent les questions inlassables du frère Pancrace. Thomas Faure jette la Monge et sa maîtresse dans le cachot aux femmes.

L'angoisse est un tourment qui s'avive dans la nuit et se propage comme une nappe d'eau sombre entre les survivantes épouvantées. La terreur de la mort les lie plus fortement que toutes les affections possibles. Main dans la main et gémissantes, elles attendront le matin.

# Au bois de Laud – 7 août 1489

De bonne heure, Giroflée est emmenée dans une grande salle, bien différente de celles qu'elle connaissait. Thomas Faure la pousse sur le dallage de pierres claires vers un groupe important de prélats de tous ordres. Du geôlier, elle n'aperçoit qu'un profil empâté, des mèches grisonnantes, l'homme refuse obstinément de croiser son regard. On l'accroupit près d'une fenêtre. On reste auprès d'elle pendant que l'assemblée s'organise. Le frère Pancrace s'entretient avec un homme maigre, petit, mais imposant. Une grande croix pend sur sa poitrine, il porte une cape noire sur une robe de bure blanche. Une coiffe sombre donne à son front sévère une blancheur presque livide. Un chapelet glisse dans ses mains décharnées comme celles d'un malade. Giroflée observe avec une acuité aiguisée par l'angoisse les regards furtifs que les deux hommes font peser sur elle. Aura-t-elle à se défendre de pratiques infâmes ? Saura-t-elle les convaincre ou devra-t-elle encore subir d'autres tortures et questions ?

Dans un ordre connu d'eux seuls, les hommes s'installent dans un grand bruit d'étoffes, celui à l'imposante croix prend place dans un haut fauteuil de bois, auprès du frère Pancrace, droit dans son fauteuil grenat. Le frère secrétaire est assis non loin d'eux devant son pupitre. Le silence n'est troublé que par quelques raclements de gorge.

Certains égrènent leur chapelet et leurs lèvres murmurent des prières. Il ne fait pas encore chaud, mais la lumière d'août entre à flots au travers de vitraux blancs et jaunes. Sur un signe rapide, Thomas Faure empoigne le bras de Giroflée et la force à se lever. Ses cheveux souillés pendent lamentablement le long de son visage. Sa cotte est noire de son sang desséché. Ses pieds nus portent les croûtes de son martyre. Mais elle lève la tête vers eux dans une grande inquiétude. Il pèse une solennité qui ne ressemble pas à ce qu'elle a connu les jours précédents.

L'homme à la croix sort de ses manches un parchemin qu'il déplie lentement et commence à lire d'une voix étrangement basse et douce.

— Nous, Damien de Seytres, doyen du clergé de Sainte-Croix, prévôt de l'église de Valence, nommé juge sur les terres soumises au seigneur Adhémar : attendu que toi, Jehanne Rey, dite Giroflée, de la ville de Montélimar, du diocèse de Viviers, tu as été dénoncée à nous pour hérésie des sorcières ; et que nous…

Le cœur de Giroflée a bondi sous sa chemise. Sa tête perdue par la terreur s'affole. Elle vacille puis se reprend. Ces mots, puis ces phrases sont ceux d'une sentence qui approche. Va-t-elle mourir sur un bûcher comme tant d'autres dont elle a entendu parler ?

— Et que nous, voulant, comme nous y étions tenus, nous informer officiellement pour savoir si tu étais tombée dans ladite hérésie condamnée, nous avons condescendu et procédé à l'enquête, à l'examen des témoins, à ta citation et à ton interrogatoire, ainsi qu'à toutes les choses qui étaient à faire par nous. Attendu que nous avons trouvé que tu avais été infectée de longue date pour le plus grand détriment de ton âme, nous allons te rappeler brièvement les signes du fléau maléfique qui te ravage depuis ton enfance.

Damien de Seytres lève les yeux du parchemin déplié sur ses genoux. Son regard se pose sur Giroflée. Ses yeux ne véhiculent aucune mansuétude pour la créature tremblante et désolée qui lui fait face. Il demande au frère secrétaire de relire les différentes dépositions de cette même voix douce.

*« La dénoncée Jehanne Rey de Montélimar, ayant juré sur les quatre évangiles de Dieu touchés de la main, de dire la vérité sur soi et sur les autres, fut interrogée sur l'endroit d'où elle était puis sur son origine. Elle déclara qu'elle avait vu le jour rue Chartroussas, de son père Bernard Rey et de sa mère Nicole. De nombreux témoignages concordent pour dire que si ledit Bernard Rey était de bonne réputation, sa mère était déjà mal famée. »*

— Est-il établi que ladite Nicole avait commerce avec des démons succubes ? Peut-on penser que la dénoncée Jehanne pourrait être le produit d'une de ses copulations sataniques ? demande Damien de Seytres.

— Nous avons le nombre requis de dénonciations qui font acte de pratiques de sorcellerie chez la femme Rey. S'il ne nous est pas possible de prouver que la dénoncée est fille de succube, il nous est cependant aisé de voir en elle une filiation diabolique. La fille et la mère, tour à tour, furent vues se rendre au bois de Laud en volant, répond avec empressement le frère Pancrace.

Giroflée, heureuse, attaquait de son pas alerte le chemin du bois. Des sentiers ténus marquaient l'herbe jaunissante et serpentaient entre les arbres et les buissons. Elle contourna un chêne aux formes tourmentées par une exposition au vent du nord et, guidée par les voix, rejoignit ses comparses. Guillemette tenait entre ses mains brunies une fiole avec un liquide verdâtre dont elle vantait les vertus adoucissantes auprès d'une grande fille aux cheveux très noirs. À demi couchée dans l'herbe, la Lison embrassait à pleine bouche le jouvenceau des Cordeliers qui se laissait faire, tout pâmé d'aise. Comme à l'habitude, on se rassembla et la nourriture circula de l'un à l'autre. Le jouvenceau gardait sa main sous la cotte de la Lison, mais n'en mangeait pas moins de bon cœur. Giroflée écoutait le vieux rebouteux de Mélas qui racontait une terrible histoire survenue quelques années auparavant au Claps : « … une de mes pratiques qui venait tout droit du pays de Die disait que la main de Dieu, dans une colère très forte, avait balayé le sommet du Pic de Luc. Des rochers énormes, dans un bruit d'apocalypse, dévalèrent toute la montagne et bouchèrent le ruisseau qui coulait en contrebas. L'eau, furieuse de ne plus trouver son passage, s'était changée en deux lacs, l'un petit et l'autre très vaste qui engloutit le village de Rochebriane avec toutes les terres alentours. Il paraît que si on se penche au-dessus du Grand Lac, on peut voir encore l'église. La cloche sonne désespérément pour tous les trépassés les dimanches, et c'est pitié de l'entendre mélangée au bruit de l'eau.

— Brunette m'avait dit qu'en ces montagnes, la terre tremble souvent et que La Rochette, qui avait vu naître une sienne parente fort vieille, avait pareillement disparu sous des amas de rochers. Un laboureur dans son champ avait perdu l'équilibre et s'était retrouvé à terre aux premières secousses. On disait aussi que le prieur qui lisait son bréviaire près du château s'était enfui tout effrayé et qu'il y avait eu grand dommage de bêtes que la peur avait précipitées dans un ravin.

— Parfois, sans doute, Dieu est si contrarié de nos agissements qu'il agite notre terre comme si elle n'était qu'un grand tissu que l'on secouerait pour enlever la poussière... Les villages tombent, et les habitants disparaissent dans un grand bruit, reprit le vieil homme, mais je ne nous trouve pas meilleurs pour autant et ceux qui devraient l'être encore plus parce qu'ils servent Notre Seigneur Jésus-Christ, me semblent pires encore.

— Je vous trouve bien grincheux, avec vos récits, interrompit la Louison qui écoutait depuis un moment, mais la terre dont vous parlez est une terre de merveilles, car ma mère savait une histoire avec laquelle j'ai souvent rêvé lorsque j'étais enfant. Elle me disait que les seigneurs de Quint étaient autrefois deux bûcherons qui avaient sauvé le Dauphin d'un ours dans la forêt de Malatra. L'un avait frappé la bête par-derrière et lui avait coupé la patte, l'autre lui avait fendu le crâne avec sa hache et l'avait étendu mort à ses pieds. Le prince leur avait offert de l'or pour les remercier, mais les deux charbonniers refusèrent. Ils disaient que leur dévouement ne se payait pas. Alors, le Dauphin les embrassa et les fit chevaliers. Ma mère ajoutait qu'ils n'avaient jamais cessé d'être bûcherons et que leurs descendants s'étaient faits verriers.

— Cette histoire se racontait aussi dans ma famille, mais, Dieu me pardonne, j'aurais bien accepté l'or de notre gentil prince au lieu d'être frère de l'Ordre des miséreux, commenta le vieux rebouteux ».

Et son gros rire se termina dans une quinte de toux.

La Renaude, qui s'esclaffait bruyamment à ses côtés, claironna de sa voix haut perchée que l'or était difficile à trouver, mais qu'on disait qu'il existait près de Saint-Symphorien-de-Mahun ou de Saint-Julien-Vocance un estropié fort riche qui avait disputé son or au Malin.

« Il paraît que là-bas, ajouta-t-elle triomphante, il existe une porte en fer, épaisse et fermée depuis toujours. Il n'y a que pour les Rameaux qu'elle s'ouvre, pendant une procession avec le prêtre autour de l'église. Notre homme, qui est berger, et pas encore bancal, décide d'attendre l'ouverture, car on dit dans le pays qu'il y a derrière la porte un souterrain qui conduit à une grande salle pleine de richesses. Mais on raconte aussi qu'il ne faut pas s'y aventurer trop longtemps, car on peut y rester prisonnier pour toujours. Un jour des Rameaux, la porte s'ouvre, notre berger se faufile et s'enfonce dans le souterrain. La chaleur augmente au fur et à mesure qu'il avance, et une lueur rouge éclaire les murs. Il arrive dans la fameuse salle : là, des pièces d'or, des pierres précieuses, des coupes et de la vaisselle ciselées... L'homme, tout à sa joie, remplit son chapeau, sa cotte et un havresac. Il rit et n'entend pas les bruits de pas derrière lui. Quand il se retourne, c'est trop tard : le Malin est dans son dos. Une odeur mauvaise lui serre la gorge, le Diable a un énorme bâton dans ses mains. Le berger tente de s'enfuir, mais le monstre noir le frappe sur les jambes. Tout épouvanté, l'homme réussit à se relever en boitant, puis à courir vers la porte, en priant

Dieu et les anges de le sauver. Il arrive juste à temps et sort, tandis que Le Malin hurle de rage dans le souterrain clos. Le bancal est riche aujourd'hui !

— Ma foi, rajouta la Renaude, j'aurai bien sacrifié une de mes jambes pour me mettre au chaud dans la soie !

— Et moi donc…, confirma l'une des filles de Livron, à la trogne rougeaude. Et l'un de mes bras avec ! On dit que le Malin garde bien des richesses sous terre… Mais il peut vous prendre la vie, parfois. Une de mes cousines disait que le seigneur de Malleval avait souffert une terrible malencontre dans ses mines d'argent de Flaviac. Dans une grande folie, il voulut un jour contempler sous terre l'étendue de sa fortune. Il descendit avec une torche. Sa dame là-haut se tordait les mains d'inquiétude. Un courant d'air éteignit la lumière et le Seigneur erra assoiffé et affamé comme un loup en hiver. Il paraît – mais qui était là pour le dire ? – qu'il implora Dieu et Diable. Le Malin lui apparut, Malleval essaya de répondre avec une voix autoritaire qu'il était le seigneur de ces mines. Satan lui répondit qu'il était le seul maître du monde souterrain et qu'il lui permettrait de sortir à une seule condition : celle d'être son invité quand bon lui semblerait. Terrifié, le seigneur de Flaviac promit tout ce que le Démon lui demandait. Quand il entra au château, la dame portait déjà son deuil. On le fêta et, bientôt, il oublia même le pacte qu'il avait passé avec l'infecte créature. Mais voilà qu'à la fête donnée en l'honneur de son retour, se présenta un homme beau et grand, habillé de velours sombre. La voix était celle du Malin et Malleval reconnut son terrible invité. Il se confia à sa femme et au prieur de Sainte-Colombe. Puis il partit en

Terre sainte se laver de sa faute.

— Et qu'advint-il de lui ? demanda Giroflée.

— Je ne sais s'il bat encore sa coulpe ou si Dieu lui a pardonné. La Lison, passe-moi le flacon que tu tiens dans ta main, toute cette histoire a attisé ma soif.

— Régale-toi, Renaude, mais fais attention, car ces vins des coteaux ont tôt fait de chavirer nos têtes et la tienne est déjà de la couleur des briques recuites !

— N'as-tu pas la bouche rouge des baisers du jouvenceau pour me conseiller la prudence ? Et encore, je ne parle que de ce que je vois ! »

Mais la voix du frère Pancrace l'arrache à ce moment heureux et la replonge dans la terreur des hommes qui sont devant elle et de la mort qui l'attend.

— Nous avons de nombreux témoignages qui démontrent qu'il se commettait dans ce lieu infect les pires turpitudes. Nous avons arrêté toutes les créatures immondes qui s'y réunissaient et beaucoup, en se repentant, ont avoué leurs crimes. Jehanne Rey, nous savons que tu as invoqué le nom du démon, que tu t'es livrée à des commerces infâmes avec d'autres créatures de ton engeance. L'heure n'est plus à l'aveu ou à l'écoute de témoignages. Bientôt, nous te vomirons en enfer avec tes complices. Mais je te demande, devant ces hommes d'Église qui la servent dans le zèle de la vraie foi, d'abjurer ton hérésie.

— En quoi devons-nous entériner ses actes comme une damnation éternelle ? questionne un jeune moine.

— Frère Henry, Thomas d'Aquin soutient que toute tentative de communiquer avec un démon, que ce soit explicitement ou tacitement, n'est pas simplement un péché, mais revient à apostasier la foi chrétienne. Il en est ainsi parce que, dans chacune de ces tentatives, le culte qui devrait être rendu à Dieu seul est en partie détourné au profit de ses créatures, et, qui plus est, d'un ange déchu et rebelle. Or, Jehanne Rey s'est accouplée avec un démon, Giraud Maubert, mort sous la question et hérétique lui aussi…

— Nous parlons de ce vieillard de Mélas ? demande Damien de Seytres de son étrange voix douce.

— Oui… Giraud Maubert, donc, nous a déclaré avoir quitté terre et touché les nuages en compagnie de cette femme. Est-ce ainsi que le Malin récompense ses plus zélés serviteurs ? Jehanne Rey, quelles substances magiques ont-elles été nécessaires pour accomplir un prodige que seuls les anges connaissent ?

La voix du frère Pancrace l'arrache à l'hébétude. Elle relève sa tête et le fixe tandis qu'il demande encore :

— On a entendu pleurer des enfants lors de vos assemblées démoniaques. Nous savons que le sang de nouveau-nés entre dans la composition de breuvages dont la seule fabrication fait de toi une damnée.

— Seigneur… Je n'ai jamais porté la main sur un petit enfant, sauf pour l'aider à naître ou pour le soigner. Qui a pu dénoncer pareille infamie sans avoir l'esprit fol et la langue malade ?

— Tu nies donc une dernière fois ce dont on t'accuse et pour lequel nous avons des témoins ?

Il se fait un grand calme dans l'esprit de Giroflée, comme si le paroxysme de peur et de désespoir lui avait donné le courage d'affronter ses juges. Aucune prière ne la sortira du cachot ou de la mort qui lui est promise. Sa voix se raffermit.

— Oui, Seigneur Pancrace. Je suis innocente de ce dont on m'accuse. J'ai soigné des gens. Parfois, je ne l'ai pas pu et ils sont morts. Mais ce que j'ai fait, j'en suis fière. Et Satan n'est pour rien là-dedans. Ma mère n'a eu qu'une vie de misère. J'ai voulu être différente. Brunette m'a appris tous les secrets des plantes…

— Ces secrets sont des pactes que vous aviez passés avec Belzébuth, s'écrie le frère Pancrace d'une voix forte. (Un murmure d'approbation parcourt la foule des religieux) Il n'y a rien eu d'innocent dans tes pratiques, comme tu veux nous le faire croire. Ta langue est bifide comme le serpent et le démon ton maître !

— Le démon n'est pas mon maître, reprend Giroflée en se signant. Et je n'ai aucun accord avec lui. Sinon, pourquoi m'aurait-il laissée ainsi devant vous ?

— Il trahit même ses compagnes. Tout en lui est mensonge, haine et déraison. Ne le sais-tu donc pas ?

— Non ! Il n'appartient pas aux coteries que je fréquente.

La voix de Giroflée tremble d'une colère si forte qu'elle donne à son timbre voilé des inflexions métalliques. Elle ne craint plus l'homme aux mules noires, ni les silhouettes qui se penchent les unes vers les autres pour échanger quelques murmures apeurés par la violence de son propos.

Damien de Seytres égrène son chapelet et ses lèvres scandent une prière. Son regard est fixé sur elle avec une calme dureté.

— Qui a donc permis que tu voles au-dessus de la ville ? questionne-t-il. Existe-t-il des plantes ayant cette force-là ?

— J'avais une poudre, Seigneur, que nous avait donnée il y a fort longtemps une très vieille femme…

— Son nom ?

— Berthe. Elle mourut de froid un hiver où la burle[11] la surprit loin de son logis. On dit que les loups l'avaient dévorée quand…

— Reprends ton histoire de poudre.

— C'étaient des champignons séchés et réduits en fine farine qu'elle ramassait sur les pentes du Mézenc. Elle avait fini par nous confier, à Brunette et moi, tout ce qu'il fallait savoir pour obtenir cette poudre. Quelques onces dans du vin permettent à l'esprit de quitter terre et de se croire un oiseau. Mais à l'esprit seulement.

— Une plante ayant la force de disjoindre le corps d'avec l'esprit n'est pas une création de Notre Seigneur Jésus-Christ, mais un de ces leurres que le Diable dépose ici ou là pour nous faire tomber.

— Nous jouions de ces champignons comme des innocents qui ne cherchaient qu'à rire ensemble d'un si curieux pouvoir de Dame Nature.

— Tu as bafoué le Seigneur ; toi et tes comparses maléfiques. Tu t'es éloignée des préceptes religieux. Et tu prétends ignorer ce que tu faisais ?

C'était une soirée de juin, tout près de la Saint-Jean. La Monge l'accompagnait et babillait à ses côtés ; Giroflée apportait dans une bourse de cuir quelques pincées de la

---

[11] Vent du nord.

précieuse poudre qui l'avait si souvent transportée au-dessus des remparts. Elle l'avait versée dans une outre de vin, et l'avait passée sans mot dire à l'assemblée curieuse. Quelques instants plus tard, le jouvenceau riait béatement. La Monge regardait le ciel avec surprise.

« Maîtresse, je vole ! Je suis au-dessus de la porte Buriane. Il y a Bertrand le tanneur, mais il ne me voit pas... »

Pendant de longs moments, ils rêvèrent ensemble avec des couleurs éclatantes et des soleils tremblants. Le vieux de Mélas riait dans son éternelle quinte de toux, en se tenant les flancs. La Louison s'était levée et tournait sur elle-même. Giroflée, adossée à un chêne vert, les yeux fermés, savourait le moment. Elle entendait des éclats de voix lointains et joyeux, elle rasait avec ravissement les tours du château de Narbonne, elle tournoyait dans un ciel sans nuages.

À leur retour, ils se pressèrent autour d'elle et la questionnèrent, au comble de l'excitation. Elle promit d'en ramener et leur demanda de ne pas en parler.

« Comment ferez-vous comprendre que ce ne sont que des champignons qui nous transportent ainsi ? Il y en a tant de faibles et de fols que l'on parlera de nous comme des habitants de Magonie, si vous racontez que vous avez volé comme des buses au-dessus des remparts ! »

La Monge, légèrement nauséeuse, restait songeuse après ses tournoiements au-dessus des remparts :

« Maîtresse, qui m'a emportée si haut et si vite que mes cheveux se sont enroulés autour de mon visage ?

— Tu as toujours ta bourre de laine rousse en auréole,

ma fille, répondit Guillemette avec malice, et pas un de tes cheveux n'a accompli de virevolte ! Ce serait demander à l'étoupe de se transformer en rubans de soie !

— Mais, j'ai senti sur ma figure des caresses...

— Ce sera le jouvenceau qui t'a prise pour moi, répliqua la Louison.

— Tout ce que tu as senti n'est que le résultat de cette poudre qui change, je ne sais comment, ce que tu vois et ce que tu éprouves. Il y a bien de douceurs dans ses substances. Mais, avec Brunette, nous avions constaté qu'en prendre en mauvaise compagnie ou dans la tristesse rendait plus mélancolique encore. Il faut donc se garder de l'absorber méchamment. »

— Je t'ai posé une question, femme Rey, et attends ta réponse.

— Je ne sais plus...

— Étais-tu consciente de ce que tu faisais ?

— J'absorbais une substance qui m'emportait dans les airs par la grâce de Dame Nature. De cela, je suis consciente. Si d'autres m'ont vue voler dans les airs, m'accoupler avec un Démon et d'autres folies encore, je ne comprends guère et ne peux expliquer ce que je n'ai pas fait.

— Une dernière fois, abjure ton hérésie et reviens avant ta mort certaine dans le sein de l'Église. Nous saurons nous en rappeler lorsque nous trancherons par le feu le fil de ta vie criminelle.

— Que puis-je abjurer ? Je n'ai que ma vie comme bien. Je n'ai pas de richesses ni de nom. Je n'ai pas de marmots qui se rappelleront de moi. J'ai tenté de soigner ou d'adoucir le sort de mes semblables en utilisant les plantes. Et vous voudriez que je dise que je le regrette ? Eh ! Que me restera-t-il alors ?

Les yeux gris de Giroflée se posent sur Damien de Seytres. Malgré les cernes, les traces de sang et les cheveux poisseux, elle se redresse et sa voix cingle l'assemblée comme la courroie d'un fouet.

— Par Notre Seigneur Jésus-Christ ! reprend le prélat, tu as été séduite par les conseils du Mauvais ! Et je te vois enfin, proscrite, entièrement plongée dans le maléfice de taciturnité. Baisse les yeux de sur tes juges. Nous ne t'avons que trop écoutée. Qu'on la ramène dans son cachot le temps que nous rédigions la sentence, et surtout, Maître geôlier, nous te recommandons d'éviter son regard de succube. Il pourrait te priver de ta semence ou te changer en bête.

Thomas Faure la traîne avec répugnance vers son dernier refuge : une pièce longue et étroite, enfouie sous de longs escaliers humides. Il referme la porte épaisse. Il n'y a rien qu'un sol de pierres luisantes et sombres. Deux meurtrières pour éclairer le lieu.

Est-elle une sorcière ? Se peut-il que le Diable l'ait prise sans son consentement ? Ils ne peuvent tous se tromper, ces hommes d'Église qui dissertent là-haut sur la sentence à lui donner ?

— Brunette, ma mère, Gratienne et toutes les autres que je sais emprisonnées aussi... aidez-moi ! Je ne suis pas une damnée. Je suis une bonne chrétienne. Je suis allée à la messe, j'ai fait carême avec application, toujours ! Je ne veux pas mourir...

Le soir la trouvera assise, pleurante et se tordant les mains. Elle ne dormira pas et guettera l'aube avec angoisse. Ces heures sont celles de son sursis.

# Le bûcher – 8 août 1489

« Nous, Damien de Seytres, doyen du clergé de Sainte-Croix, prévôt de l'église de Valence, nommé juge sur les terres soumises au seigneur Adhémar ; par la miséricorde de Dieu, nous avons accompli chacune des choses qui étaient à faire par nous, de par l'institution canonique. Assisté du frère Pancrace, supérieur du couvent des Frères mineurs et de quelques-uns desdits frères, nous avons légalement trouvé et prouvé contre toi que tu as été durablement infectée de la perversion hérétique. Nous avons trouvé aussi que tu avais dit voler par l'entremise d'une substance, que tu as formé une apprentie pour conduire tes sortilèges, que les témoignages abondent pour dire que tu étais une femme mal famée, que ces témoignages sont tous dignes de foi et émanant de chrétiens dignes de paroles, il ressort donc que tu es légalement prise dans ladite perversion hérétique. Attendu que nous avons voulu, maintes et maintes fois t'arracher à cette dite hérésie, et que tu as dédaigné d'acquiescer à nos conseils les plus saints, tu as même présenté un cœur endurci par le maléfice de taciturnité, toi, Jehanne Rey, en ce jour du huit août de l'an mil quatre cent quatre-vingt-neuf, nous définissons et déclarons d'un jugement de condamnation que tu es hérétique impénitente, à livrer et abandonner comme telle au bras séculier. Et par notre sentence, nous te rejetons du for ecclésiastique. »

Les hommes sont debout. Le frère Pancrace domine l'assemblée de sa haute stature. La croix de Damien de Seytres brille.

Giroflée entend vaguement d'autres paroles échangées entre les religieux : « ... Notre pape Innocent, dans "Summis desiderantes affectibus" recommande... Frère Henry, Jean XXII ne l'avait-il pas déjà écrit dans sa Bulle "Super illius specula"... » Un brouhaha de prières et de chants traverse sa conscience confuse. Elle ne comprend pas tous les mots qui lui ont été dits, mais elle sait qu'avant elle, de nombreuses femmes ont été brûlées à la ville voisine. Certains l'ont vu et lui ont rapporté l'ultime supplice des femmes mal famées.

On l'emmène. Dans une pièce voisine, des nonnes aux yeux baissés l'habillent d'une longue tunique blanche. Ses pieds sont entravés par de lourdes chaînes. Ses bras aussi. Elle ne pense plus. Son regard se pose sans voir sur ce qui l'entoure. Elle est entraînée vers une cour entourée de hauts murs où le soleil montant se réverbère. La blancheur de la lumière lui fait fermer les yeux un temps. Quand elle les ouvre à nouveau, c'est pour voir un cortège qui se dirige vers elle. Des femmes, comme elle, habillées de tuniques blanches, aux pas hésitants. Leurs visages forment des taches ocre. Thomas Faure veille au bon déroulement de ce déplacement, aidé de quelques silhouettes inconnues et furtives. Les religieuses ont entonné le *Confiteor*. Une charrette traînée par des mules occupe le centre de la cour. C'est là qu'on les dirige, puis qu'on les pousse. Elles sont debout, Giroflée, Guillemette Alaric, la Louison et Aliette de la Maladrerie. Toutes quatre pareillement vêtues et entravées, aux visages durcis par la peur et la souffrance.

— Vous aussi ? murmure Giroflée. Quelle affliction !

Thomas Faure grimpe dans la charrette et lui intime l'ordre de se taire.

— Sinon quoi, l'homme ? réplique-t-elle. Crois-tu encore pouvoir nous menacer ?

Tandis qu'il hausse les épaules, le convoi s'ébranle. Bientôt les cahots les jetteront les unes contre les autres sur le fond de planches raboteuses. Le geôlier s'agrippe aux rebords pour ne pas choir aussi. Les corps pressés et emmêlés, leurs voix s'entrechoquent. « Où sont les autres ?… Je crois qu'elles se sont repenties et qu'elles ont reconnu leurs fautes… Et la Monge ? Nous ne l'avons pas revue… Elles seraient avec la Ribaude. On les aurait marquées avec un fer pour les exposer… Pourquoi nous ? Il m'est venu une telle colère que je n'ai rien voulu concéder… Moi non plus ! »

Aliette, appuyée contre le dos de Giroflée, raconte dans un grand désordre son arrestation, la question où elle crut mourir tant de fois de souffrance, et les hommes qui voulaient faire d'elle une chevaucheuse de balais.

— La Monge, dans sa terreur, a raconté beaucoup de choses et nous a perdues en expliquant comment nous prenions ta poudre pour survoler les maisons !

— Je sais ! La pauvrette n'a fait que tout précipiter, mais je ne sais pourquoi, il me semble que nous avions déjà été désignées. En ces temps d'aujourd'hui, les délates ne manquent pas, hélas.

Les heures passent, les quatre ont placé leur corps de

manière à éviter d'être précipitées avec force contre les montants de la charrette. Elles ont parlé, mais à présent se taisent, puis se tiennent les doigts en silence, tandis que leur cœur se serre comme s'il se transformait lentement en un bloc de pierre dure. Le soleil est haut et la chaleur forte.

— J'ai peur de mourir et d'avoir mal encore…

La Louison pleure et c'est pitié de voir cette belle fille défaite.

Que répondre qui ne soit inutile ? Quel réconfort attendre d'un supplice annoncé ?

Enfin, les mules s'arrêtent. Messire Faure leur intime de se lever et de descendre. Il arrachera la Louison aux planches et la traînera par les cheveux pour l'obliger à descendre. La terreur la paralyse. Sa tunique est tachée du sang de ses menstrues qui s'écoulent le long de ses jambes.

Devant les quatre femmes s'étend une grande place carrée. De chaque côté, des rangées de maisons à arcades cernent l'espace. Il y a une foule dense qui s'écarte en silence tandis qu'on les emmène en son centre.

Un bûcher y est dressé, montagne de fagots entassés méthodiquement. Des hommes cagoulés s'affairent devant, avec de longues fourches. La Louison gémit et ses genoux ploient. Un homme en armes la maintient debout. Quelques cris fusent de la foule tandis qu'on les monte par une échelle de châtaignier. Giroflée est blême, Guillemette défaillante. Quatre poteaux, les estaches, ont été plantés par le maître d'œuvre et ses assistants. On les attache, l'une après l'autre, tandis que leur cœur s'affole une dernière fois. Le premier consul et les échevins sont là, ainsi qu'une assemblée de gens d'Église. On entend le *Veni Creator* entonné par une voix puissante et repris aussitôt par plusieurs.

Puis, avec rapidité, le maître des hautes œuvres se place successivement derrière elles, leur passe une corde autour du cou et commence à la tordre à l'aide d'un gros bâton. Chacune poussera une ultime et atroce clameur tandis que leur nuque se rompt. Guillemette mourra la première, suivie d'Aliette, de Louison, puis de Giroflée. Les yeux exorbités, la langue pendante, leur tête s'incline sur leur poitrine d'où s'échappera un dernier râle.

Il n'y aura plus que quatre loques humaines suspendues à l'estache.

Le décès constaté par le maître des hautes œuvres, celui-ci fait signe à ses aides. Ils allument une torche qu'ils approchent du bûcher qui se met à flamber. La chaleur devient forte et un mouvement de recul anime la foule.

Au milieu des flammes et de la fumée épaisse qui s'élèvent, on devine les vêtements qui prennent feu, puis les misérables corps nus qui se mettent à grésiller en répandant une odeur affreuse de chairs brûlées.

Bientôt, détachés de leurs liens, consumés par les flammes, les quatre corps s'affaissent sur le bûcher en projetant des gerbes d'étincelles.

Les spectateurs, les traits crispés, ne perdent rien de ce spectacle horrifiant. Un homme en armes calme de la main son cheval qui s'agite, pendant que le maître des hautes œuvres et ses aides prennent un verre de vin dans des gobelets qu'une femme remplit à la ronde.

Quand il ne restera plus du bûcher que des cendres incandescentes parmi lesquelles on voit quelques os calcinés et des lambeaux de chairs brûlées, le premier consul fera signe à la foule qui se dispersera en silence.

Quelques jours après, des hommes en armes envahirent la maison de la place Mauconseil et détruisirent, sous les yeux d'un grand prélat, meubles et flacons, onguents et tisanes qui brûlèrent au centre de la place. On raconte, mais sans savoir vraiment, que des mains anonymes s'étaient déjà emparées de la précieuse mandragore, de la digitale pourprée, et que des substances précieuses avaient disparu, enfouies entre des doigts experts déterminés à continuer le travail de Giroflée. Quelques-uns se lamentèrent et dirent qu'il n'y aurait plus de mains aussi douces que celles que l'on avait brûlées, qu'il mourrait beaucoup plus de femmes en couches et qu'un temps de malheur avait commencé. D'autres firent mine d'approuver la cruauté de la sentence, disant qu'on ne défiait jamais Dieu impunément. La plupart se turent et passèrent plus vite devant la maison vendue par l'Église à un couple de pieux artisans.

La Ribaude fut marquée au fer rouge et s'abîma en de si longues pénitences que personne n'aurait pu reconnaître dans cette mendiante décharnée la fière catin de la porte d'Aygu. Il y eut bien des hommes pour la dévisager quelques instants, mais ils repartaient immanquablement dans un haussement d'épaules incrédule. Elle mourut, un soir de vent sec et âpre, noyée dans la rivière.

La Monge ne reparut point ; de ce qu'elle devint, il n'y eut personne pour s'en soucier.

Nicoline et Isabeau abjurèrent leur hérésie. La première le fit aussi pour la seconde, dont l'esprit avait basculé dans la folie. Elles firent pénitence dans un couvent de nonnes, frottant les murs et les sols de pierres grises, n'étant que deux ombres falotes et apeurées. Isabeau ne voulut plus qu'on la touche et gardait ses longs cheveux comme un rideau devant elle. Les enfants se moquaient de ses cottes sales et déchirées et la tourmentaient sans qu'elle ne s'en rendît compte.

Des survivants du bois de Laud, de Jeanneton et de quelques autres, on raconta tant de choses différentes qu'il fut impossible de distinguer le vrai du faux.

Certains prétendirent assez vite que Giroflée avait survécu, que ses pouvoirs l'avaient préservée. On la vit à nouveau passer dans les rues de la ville, avec ses tresses roussâtres et sa silhouette robuste, dans une cotte bistre, roussie par le feu. On se signa sur son passage. Elle ne vieillissait pas et promenait son regard bienveillant sur ceux qu'elle rencontrait.

Mais un jour, il n'y eut plus de mémoire assez vieille pour se mettre à frémir au passage d'une femme en robe brûlée.

Sur la ville et ses remparts, sur le bois de Laud, sur la place Mauconseil s'étendit alors l'autre mort de Giroflée : l'oubli.

# À propos de l'auteur

Je suis née en 1950. J'ai aimé lire très tôt avec une sorte de boulimie qui me faisait déchiffrer sans relâche tout ce qui était imprimé, depuis la notice de médicament jusqu'aux réclames peintes ou affichées sur les murs. J'ai commencé également à écrire quelque temps plus tard de la poésie que j'illustrais sur de petits cahiers de brouillon.

Au collège, je noircissais des classeurs de romans échevelés aux intrigues improbables. Puis je découvris Flaubert qui signa très involontairement la fin (provisoire !) de ma carrière d'écrivain. Comment écrire après lui ? Et comment se prendre en toute humilité pour Victor Hugo écrivant : « Je serai Chateaubriand ou rien ! »

Je n'écrivis donc rien, à part un honnête et banal courrier, la liste des courses, des cartes postales ou des annotations sur les copies de mes élèves. Bien des années plus tard, après avoir enseigné, élevé des poulets, vécu en Afrique, je me suis à nouveau hasardée dans l'écriture, en soignant activement mon immodeste complexe Flaubert.

Retrouvez tous les titres et l'actualité des Éditions HJ :

**Sur notre site Internet :**
http://www.editionshelenejacob.com

**Sur Facebook :**
https://www.facebook.com/EditionsHJ

**Sur Twitter :**
https://twitter.com/EditionsHJ